KALI ANTHONY

Inoubliable promesse

AZUR

HARLEQUIN

Collection : Azur

Titre original :
BOUND AS HIS BUSINESS-DEAL BRIDE

HARPERCOLLINS FRANCE
83-85, boulevard Vincent-Auriol, 75646 PARIS CEDEX 13
Service Lectrices — Tél. : 01 45 82 47 47 - www.harlequin.fr
ISBN 978-2-2804-5963-1 — ISSN 0993-4448

Composé et édité par HarperCollins France. Achevé d'imprimer en juillet 2021.
par CPI Black Print - Barcelone - Espagne
Dépôt légal : août 2021.

FSC
www.fsc.org
MIXTE
Papier issu de sources responsables
FSC® C159065

Pour limiter l'empreinte environnementale de ses livres, HarperCollins France s'engage à n'utiliser que du papier fabriqué à partir de bois provenant de forêts gérées durablement et de manière responsable.

Prologue

Sept ans plus tôt

— Tu es blessée ?

Eve frissonna tandis que Gage enlevait sa veste pour l'en envelopper, recouvrant ses vêtements mouillés qui lui collaient au corps. Elle porta la main à sa tempe et écarta une mèche dégoulinant de pluie.

— Juste une bosse, rien de grave.

— Montre-moi.

Gage alluma la lampe torche pour examiner son front. Elle tressaillit au contact de ses doigts rassurants.

— Je suis désolé, murmura-t-il.

Il se pencha pour déposer un baiser sur son front.

— Rien d'autre ?

Elle secoua la tête.

— Et toi ?

C'était lui qui conduisait lorsque la voiture avait dérapé et quitté la chaussée, sous un véritable déluge. Il fallait faire vite, car Eve pensait que sa sœur, Veronique, l'avait vue s'enfuir de la maison pour rejoindre Gage.

— Je n'ai rien. Ne t'inquiète pas pour moi.

Elle scruta son visage dans la pénombre du hangar où ils s'étaient réfugiés après l'accident. Ils s'étaient emparés à la hâte de leurs bagages et avaient abandonné le véhicule dans le fossé.

— Nous ne pouvions pas continuer ? demanda-t-elle.

— Non. Le moteur est endommagé. Heureusement, la voiture est sur le bas-côté. Cela ne risque rien.

Gage la serra dans ses bras. Au-dessus de leurs têtes, la pluie tambourinait sur la toiture. Les tuiles manquaient par endroits et des flaques se formaient sur le sol.

— Tout ira bien, mon ange. Nous avons de l'argent.

Il tâta une poche de sa veste qu'il avait posée sur elle. Quelques milliers de dollars ne les mèneraient pas bien loin, mais elle avait confiance. Gage tenait toujours ses promesses.

— Nous resterons cachés ici cette nuit et demain nous attraperons le premier bus pour Montgomery, qui n'est qu'à quelques heures. Là, nous pourrons nous marier et plus personne ne nous embêtera. Ni ta famille, ni papa et maman…

De la tristesse perçait dans sa voix. Gage adorait ses parents, mais une haine farouche opposait depuis très longtemps les Caron et les Chevalier. Le père et la mère de Gage désapprouvaient les relations de leur fils de vingt-trois ans avec Eve Chevalier, qui n'en avait que vingt. Il avait eu beau plaider sa cause, leur expliquer qu'ils étaient follement amoureux, rien n'avait fait céder leur réprobation.

Quant aux Chevalier… Eve n'osait même pas imaginer les réactions de sa famille. Elle se blottit contre le torse de Gage.

— Tu es sûr ?

Certes, ils s'aimaient. Mais Gage perdrait le soutien des siens, qui comptaient énormément.

Il recula un peu pour la regarder. À la lueur de la torche, ses yeux bleus paraissaient presque verts.

— Je t'aime. En Alabama, ce n'est pas comme chez nous. Nous n'aurons besoin du consentement de personne pour nous marier.

Si seulement elle avait été majeure, ils n'auraient pas été obligés de s'enfuir. Mais ils ne pouvaient plus attendre. Le père d'Eve avait déjà présenté plusieurs beaux partis à sa fille. De toute façon, avec son inscription dans une école française à la prochaine rentrée, elle n'avait plus le choix. La perspective de ne pas voir Gage pendant un an, peut-être davantage, lui était insupportable et avait rendu sa décision plus facile.

Gage passa une main dans ses cheveux mouillés. Il paraissait très soucieux.

— Tu n'as pas de regrets, j'espère ? demanda-t-elle.

— Non, quelle idée…

Son sourire la réchauffa. Il l'accompagnait en permanence, au quotidien, surtout dans les moments difficiles, quand la musique, même avec le volume à fond, ne couvrait plus le bruit des disputes entre ses parents. Ou quand sa mère s'enfermait dans sa chambre avec ses cachets et son ice tea coupé de gin.

Gage posa une main sur sa joue et embrassa ses lèvres avec une telle tendresse qu'elle s'agrippa à son henley mouillé. Ce baiser dans ce hangar à moitié en ruine lui donnait envie d'autre chose, d'une vraie étreinte…

Une fois mariés, ils trouveraient un hôtel et feraient l'amour dans un bon lit, confortable, comme le jour où ils s'étaient glissés clandestinement à l'intérieur du pavillon que les Caron réservaient à leurs invités, au fond de leur propriété. Eve n'aurait pas été plus heureuse au Waldorf. Une vague de désir l'emporta au souvenir de ce moment inoubliable. Elle avait pleuré dans les bras de Gage, de plaisir et d'émerveillement.

Leurs langues se mêlèrent et elle enfouit les doigts dans les cheveux de sa nuque. Elle avait besoin de lui, avec une intensité qu'elle ne s'expliquait pas. Il était tout pour elle. Bientôt, plus personne ne se dresserait en travers de leur chemin. Elle serait dorénavant Mme Gage Caron. Cette pensée l'emplissait d'une joie indicible.

Brusquement, Gage s'immobilisa, puis il éteignit la lampe torche.

— Que… ?

Il pressa un doigt sur ses lèvres. Derrière lui, tout au fond du bâtiment, un faisceau lumineux vacilla et des frottements résonnèrent, comme des bruits de pas. Eve se figea, le cœur battant.

— Quelqu'un vient, chuchota Gage à son oreille. Cache-toi !

— Ce n'est peut-être pas mon père.

— Tu ne peux pas courir le risque.

— Et toi ?

— Prends l'argent et va à Montgomery. Je t'y rejoindrai. Maintenant, hisse-toi là-haut. Je te fais la courte échelle.

Elle leva les yeux vers les poutres noircies et hésita.

— Tu as peur ?

Elle était terrorisée. Mais les mots de Gage la galvanisèrent. Il lui demandait cela quand elle hésitait, depuis toujours. Au début, ils n'étaient que deux enfants qui s'espionnaient à travers une brèche cachée par le lierre, dans le mur de pierre qui séparait les propriétés des Caron et des Chevalier. Eve relevait toujours les défis de Gage.

— C'est comme grimper au vieux magnolia, tu te rappelles ? lança-t-il d'une voix altérée qui trahissait son inquiétude.

La bouche sèche, elle hocha la tête.

Elle n'oublierait jamais leurs rencontres clandestines à dix mètres au-dessus du sol. Sa mère aurait eu une attaque si elle avait su que sa fille grimpait aux arbres, surtout pour y retrouver en cachette un *sale Caron*. Mais avec Gage, rien ne semblait jamais impossible. Là-haut, dans leur monde imaginaire, loin de la réalité et plus près du ciel, leur amitié s'était peu à peu transformée et épanouie en grand amour.

Gage fourra le sac d'Eve à l'abri, derrière un amas de planches.

— Vite, mon ange ! la pressa-t-il.

Les poursuivants se rapprochaient, avec des cris et des ricanements.

— Montrez-vous ! Vous ne nous échapperez pas.

Nauséeuse, le cœur au bord des lèvres, Eve ravala sa salive. Gage la prit fermement par le bras pour la décider. Elle ne voulait pas le laisser. Ni maintenant, ni jamais.

— Je vais les éloigner. Ensuite, tu pourras t'enfuir.

Il se pencha, mit les mains en coupe et noua les doigts, comme dans leur enfance quand elle avait besoin d'aide pour se hisser sur la première branche. Prenant appui sur lui, elle attrapa une poutre, s'éleva prestement et se tapit dans l'ombre, en se faisant aussi petite que possible.

Gage l'enveloppa d'un dernier regard et lui envoya un baiser.

— À bientôt.

Les lumières se rapprochaient. Il ramassa son sac, se dirigea de l'autre côté du hangar sur la pointe des pieds, puis heurta délibérément une planche pour faire du bruit et attirer l'attention sur lui. Eve retint son souffle en guettant la suite. Dès que Gage et ses poursuivants auraient disparu, elle s'échapperait. Ils se retrouveraient à Montgomery et se marieraient, comme prévu. Tout s'arrangerait.

Des cris retentirent.

— Par ici ! Il est là-bas !

Il y eut des pas précipités, un grand vacarme, une cacophonie confuse.

— Je le tiens !

— Lâchez-moi !

Gage criait comme elle ne l'avait jamais entendu.

Terrifiée, elle s'agrippa si fort à la poutre qu'une écharde lui déchira la paume de la main. Elle ferma les paupières en essayant de distinguer les voix malgré la pluie qui tambourinait sur la toiture.

— Où est-elle ?

Elle reconnut son père… Au bout d'un silence haletant, un coup sourd résonna, suivi d'un craquement, puis d'un grognement.

— Elle est partie, hoqueta Gage.

L'avaient-ils frappé ? Prise de vertige, Eve s'exhorta au calme. Si elle s'évanouissait et tombait de sa cachette, tout serait perdu. Irrémédiablement.

— Elle t'a quitté ?

— Jamais vous ne la retrouverez.

Elle ne comprit pas la réponse de son père, mais les murmures des hommes qui l'accompagnaient montèrent en puissance tandis qu'ils éclairaient tous les coins sombres. Elle sursauta quand l'un d'eux donna un coup de pied dans un tas de cageots et éternua à cause de la poussière, juste sous l'endroit où elle était. *Pourvu qu'il ne lève pas les yeux…*

La pluie redoublait de violence.

— Il n'y a rien, patron !

Après un dernier tour d'inspection, son père et ses acolytes s'apprêtèrent à quitter les lieux.

Eve refoula ses larmes. Elle devait être forte. Son avenir et celui de Gage en dépendaient.

Son père recommença à parler, avec la cruauté froide qui lui était coutumière.

— Ton grand-père était un menteur et ton père est un voleur, mon garçon. Et toi, tu voudrais me prendre ma fille ? Je t'en empêcherai par tous les moyens. Je vous ruinerai, toi et ta famille. Je détruirai tout ce que tu aimes.

Le sang d'Eve se glaça dans ses veines. Elle se mordit

la lèvre pour réprimer un sanglot. Hugo Chevalier était malheureusement capable de tout. Qu'avait-elle fait ? Elle n'aurait jamais dû s'enfuir. À cause d'elle, des menaces horribles pesaient désormais sur Gage et sa famille.

Quelqu'un cracha avec mépris.

Quand Gage répondit par un rire moqueur, elle se mit à trembler. Quelle inconscience ! Il ne comprenait pas à qui il avait affaire. Il ne fallait jamais défier son père.

— Vous ne pourrez pas détruire ce que j'aime, Chevalier, lança-t-il. Parce que Eve est hors de votre portée, à l'abri.

Un poing s'abattit violemment sur lui et il hurla de douleur. D'autres coups suivirent, et d'autres cris. Elle avait honte de ne pas pouvoir voler à son secours.

Elle enfouit le visage dans la veste de Gage pour étouffer ses sanglots dans le tissu imprégné de son odeur. Maintenant, de toute façon, il n'y avait plus de retour en arrière possible.

1.

Aujourd'hui

Assise à la grande table de réunion, Eve contemplait la vue imprenable sur Seattle. Avec les immenses baies vitrées, les chromes étincelants et le bois exotique du mobilier, le décor trahissait la réussite et la prospérité d'une compagnie en plein essor. C'était le dernier endroit où elle avait envie de se trouver, mais elle n'avait pas le choix.

Elle regarda sa montre. L'heure du rendez-vous était passée depuis dix minutes. Il les faisait attendre… Aux prises avec des émotions tumultueuses, elle tapota le dossier posé devant elle.

— Ce que vous envisagez n'est pas très raisonnable, madame Chevalier, lui dit son avocat.

Elle jeta un regard sévère à l'homme qui suivait les affaires de sa famille depuis plusieurs années. Son avis ne l'intéressait pas le moins du monde. N'était-il pas responsable pour une bonne part de l'état catastrophique de l'entreprise ? Malheureusement, elle ne pouvait pas se passer de lui pour l'instant. Elle avait besoin de son soutien au conseil d'administration, qui regrettait son père et avait du mal à accepter qu'elle soit son successeur.

— C'est notre seule option.

Qui pouvait encore croire aux miracles ? Au bord de

la faillite, Knight Enterprises était menacé de disparaître. Quoi qu'il en soit, Eve survivrait. Elle avait connu pire.

L'image d'un petit cercueil blanc dans une église vide traversa fugitivement son esprit. Ignorant la douleur fulgurante qu'elle ressentait chaque fois qu'elle y pensait, Eve songea à sa mère et à sa sœur, qui ne se remettraient pas de la liquidation de la compagnie. Protégées à l'extrême, elles sombreraient toutes les deux. Il fallait absolument éviter pareil scénario.

Eve s'était parfois montrée insensible, même brutale, mais jamais elle ne porterait atteinte à sa mère et à sa petite sœur. *Jamais.*

— Votre père ne serait pas d'accord. Il…

Un nouveau regard, dur et autoritaire, intima le silence au conseiller juridique. Eve était passée maîtresse dans l'art d'impressionner les gens. Tel père, telle fille. Une bile amère lui monta à la gorge. Papa serait-il fier d'elle en ce moment ? Cette idée lui était odieuse.

— Mon père est dans le coma. Il n'a pas son mot à dire.

Par une ironie du sort, une simple piqûre de moustique avait accompli ce que les ennemis de Hugo Chevalier n'étaient pas parvenus à faire. Une infection généralisée l'avait réduit à l'impuissance, dans une unité de soins intensifs de l'hôpital de Jackson. Sans éprouver la moindre compassion à son égard, Eve concentrait son énergie à lutter pour garder Knight à flot, tout en cachant la maladie de son dirigeant au reste du monde.

Son père les avait conduits tout droit à la débâcle en remontant une bombe à retardement sept ans plus tôt. Si Eve ne la désamorçait pas, elle leur exploserait au visage. Heureusement, elle était experte en déminage. Elle avait fait cela toute sa vie. Une fois encore, son expérience lui servirait.

— Caron poursuit votre père depuis des années. Si

vous faites cela, Knight est fini. Vous voulez avoir cela sur la conscience ?

Caron Investments les harcelait, guettant l'instant où il ne ferait d'eux qu'une bouchée. La haine entre les deux familles allait de pair avec une rivalité sans pitié dans le domaine des affaires. Eve en payait le prix en ce moment, tout en méritant le châtiment qu'elle récoltait. Elle avait elle-même alimenté les hostilités en jetant de l'huile sur le feu. À bien des égards, elle était la cause des problèmes et de leur présence en ce lieu.

À terme, l'une des deux compagnies finirait par dévorer l'autre. Jusqu'à présent, elle n'aurait jamais pensé que Caron gagnerait.

— Si quelqu'un m'avait parlé de ce qui se passait, nous n'en serions pas là, lâcha-t-elle entre les dents.

Exilée outre-mer, délibérément tenue à l'écart, elle n'avait rien vu venir. Elle toisa l'avocat qui triturait nerveusement son stylo.

— D'ailleurs, on ne m'a toujours pas expliqué comment nous en étions arrivés à cette situation catastrophique ici, aux États-Unis. Le conseil d'administration a fait preuve d'une négligence impardonnable.

Elle se servit un verre d'eau et but une gorgée. Le retard de Gage, très impoli, lui envoyait un message clair.

Tu n'es rien. Non seulement tu n'as aucune importance, mais tu es en mon pouvoir. Ton sort dépend de mon bon vouloir.

Elle pouvait tout refuser en bloc et partir la tête haute. Tant pis si tout explosait. Elle éprouverait même une satisfaction perverse à détruire par un caprice le seul amour de son père, son entreprise.

Mais c'était *elle*, et personne d'autre, que Gage avait fait convoquer à son quartier général de Seattle. Il n'était pas question de se dérober. Elle ne l'avait pas revu depuis cette nuit dramatique, sept ans plus tôt, où il avait affronté son père et ses sbires pour la protéger.

La porte s'entrouvrit et son cœur s'emballa. Elle s'obligea à inspirer profondément pour maîtriser la sensation nauséeuse qui lui nouait la gorge. À aucun prix elle ne trahirait sa tension et sa nervosité. Elle avait depuis longtemps acquis un vernis glacé pour masquer ses émotions. Plus personne n'avait le pouvoir de l'atteindre. Elle ne pleurait plus. Le puits de ses larmes s'était tari l'année de ses vingt ans, quand elle avait perdu la naïveté de sa jeunesse.

Il apparut enfin sur le seuil. Elle retint son souffle. Malgré toutes les photos dans les magazines, tous les articles qu'elle avait lus sur ses performances d'homme d'affaires, rien ne l'avait préparée à revoir Gage en chair et en os.

Il entra d'un pas nonchalant tout en consultant son portable, sans même un regard pour Eve. Sans se formaliser de son attitude, elle le dévora des yeux. Avec ses cheveux blonds, son costume sombre sur mesure, sa chemise blanche et sa cravate rouge et bleue, il illustrait à la perfection le portrait du golden boy décrit par les journalistes. Sa présence emplissait l'espace. Il irradiait le pouvoir et l'autorité.

Eve se força à respirer régulièrement. Après toutes ces années, il conservait sur elle un ascendant incroyable.

Pour cette raison, elle le détestait.

Sans quitter son écran des yeux, Gage saisit le dossier d'une chaise qu'il tira vers lui, déboutonna sa veste avec calme et précision et s'assit. Alors seulement, il daigna la regarder.

Elle eut l'impression d'être poignardée en plein cœur. Se rappelait-il en ce moment leur dernière conversation téléphonique, imposée par son père et à laquelle elle n'avait pas pu se soustraire ? Il lui fallut toute la force de sa volonté pour ne pas se lever et s'enfuir en courant.

Jamais elle n'avait imaginé qu'elle devrait un jour se retrouver devant lui. Depuis sept ans, elle se cachait en France où elle avait été bannie. Tel était l'accord qu'elle avait réussi à extorquer à son père pour préserver Gage d'un secret qu'il devait ignorer. Un secret qui l'aurait détruit, s'il avait été divulgué, et qu'elle garderait jalousement, pour toujours. Mais elle ne pouvait pas fuir éternellement. La fuite menait inéluctablement au désastre, ainsi que Gage et elle ne le savaient que trop. Ils avaient récolté ce qu'ils avaient semé.

— Merci d'être venue, madame Chevalier.

Sa voix grave évoquait des images de nuits torrides entre des draps de satin… Refoulant ces pensées coupables, Eve examina froidement son beau visage. Ses traits ciselés avaient perdu leur douceur d'antan. Une légère cicatrice, sous l'œil droit, entamait à peine leur perfection. Une petite bosse sur le nez témoignait d'une fracture ancienne, séquelle d'un violent coup de poing. Elle avait terriblement envie de toucher ces marques, de lui dire combien la brutalité de son père la révulsait. Mais le dédain glacial de son regard bleu l'en dissuada. Il n'aurait pas accepté ses excuses. Jamais il ne lui pardonnerait.

— Merci pour ton invitation, Gage.

Il haussa les sourcils, imperceptiblement. Tout le monde témoignait de sa déférence en l'appelant M. Caron. Eve ne se plierait pas à ce jeu. Même si elle devait implorer sa clémence, elle commencerait par négocier d'égal à égal.

— Tu me remercieras tout à l'heure, lorsque je t'aurai exposé ma proposition.

— Ne perdons pas de temps en préliminaires, je suis d'accord.

Gage esquissa un rictus qui n'augurait rien de bon.

— Eh bien, attaquons le vif du sujet. Knight Enterprises

est en très mauvaise posture, tu ne l'ignores probablement pas.

Eve grinça des dents. Elle avait tenté de redresser la barre en temps voulu, mais personne ne l'avait écoutée. On l'avait exilée en France pour s'occuper de la filiale européenne. Son père, qui dirigeait les affaires aux États-Unis, avait pris des risques inconsidérés. La compagnie payait à présent ses imprudences et ne survivrait pas à la crise qui s'annonçait.

— C'est mon père qui gérait le secteur américain.

— C'est pourtant toi qui es là à sa place.

Eve se raidit. Jusque-là, elle avait réussi à ne pas ébruiter la maladie de son père. Il serait bien assez tôt pour l'annoncer une fois qu'elle aurait mesuré l'étendue du désastre.

— À ta demande, rétorqua-t-elle.

— En effet. Tu peux te prosterner devant moi pour te tirer du bourbier où tu t'es enlisée.

L'avocat d'Eve se pencha en avant, prêt à riposter, mais elle l'arrêta d'un geste. S'il s'en mêlait, elle perdrait pied. Elle n'était plus une petite fille qui avait besoin d'aide. Depuis des années maintenant, elle se battait seule, victorieusement en plus.

On ne lui marchait plus sur les pieds.

— Mon père est seul responsable de ses erreurs. Ses choix lui appartiennent, je ne les partage pas.

— Je suis heureux de voir que tu revendiques pleinement tes décisions *propres*, Eve.

Elle avala une gorgée d'eau pour se donner une contenance.

— Je les ai toujours assumées.

Il eut un rire sans joie, remit de l'ordre dans les papiers étalés devant lui et posa les paumes à plat sur la table.

— Trêve de plaisanteries. Allons droit au but, maintenant. La situation financière de Knight est catastrophique. Au lieu d'élaborer une stratégie réfléchie, l'entreprise a racheté un peu n'importe quoi, plus exactement des affaires que Caron convoitait pour son compte.

— Certainement des investissements sains et intéressants, dans ce cas.

Une lueur perverse s'alluma dans les yeux de Gage.

— Pas du tout. Après analyse, je les avais toutes rejetées, catégoriquement.

Hugo Chevalier se vantait au contraire d'avoir arraché des marchés juteux à son adversaire juré...

— Je les ai bien volontiers abandonnées à Knight, ironisa Gage.

Une terreur sourde s'infiltra dans les veines d'Eve. En s'enfuyant avec Gage, elle avait malheureusement alimenté la soif de vengeance qui dévorait son père et le rendait facilement manipulable. Elle avait aussi réduit à néant l'espérance de réconcilier les deux familles par un mariage d'amour.

Quel rêve naïf et puéril !

— Comme tu es habile, commenta-t-elle.

Gage avait tout planifié. L'ange qui veillait autrefois sur elle s'était transformé en mauvais démon. Avide de prendre sa revanche, il se réjouissait de sa chute et la punissait avec un malin plaisir. Elle ne pouvait pas l'en blâmer...

— Mais je ne manque pas de ressources, ajouta-t-elle, narquoise.

— Vraiment ? Où sont tes investisseurs ? Personne ne te soutiendra. Tu t'épuises à jongler. Dès qu'une balle t'échappera, ce sera le début de la fin. Il me suffit d'ébruiter une petite information et tout s'écroulera. Knight est à ma merci.

Eve devait absolument dissimuler l'incapacité de son père. Si cela venait à se savoir, tout était perdu. Sa mère et sa sœur n'y survivraient pas. Elles ne comprenaient rien aux affaires et il fallait les préserver.

— Tu as l’air très au courant.

Plus qu’elle ne le pensait… Elle avait effectivement frappé en vain à plusieurs portes, comme si le nom de Chevalier avait brusquement cessé d’être un sésame. Le coupable était sans nul doute devant elle.

— En sept ans, j’ai eu largement le temps d’étudier la situation, rétorqua-t-il.

— Tu n’es pas à l’abri d’une surprise.

— J’ai tous les éléments en main. Cela paie, de bien connaître l’ennemi.

Elle frissonna.

Il n’y a pas pire rage que l’amour devenu haine…

Contrairement à ce qu’il proclamait, Gage ne savait pas tout. Il serait choqué d’apprendre qu’elle détenait sur lui des secrets au vitriol, que son père lui avait confiés en espérant probablement qu’elle les divulguerait au grand jour. Mais elle ne s’abaisserait jamais à livrer ce genre de bataille.

— Je comprends pourquoi nous en sommes là, remarqua-t-elle platement. Pourtant, cette histoire appartient au passé.

Il joua distraitement avec son stylo en or.

— Il convient d’en tirer les leçons. Sans quoi on est voué à répéter ses erreurs.

— Merci pour la leçon de morale. Je préfère me tourner vers l’avenir.

Gage esquissa un sourire carnassier, qui la glaça jusqu’à la moelle.

— Je devrais laisser Knight sombrer corps et biens. Les ambitions ineptes de ton père ne méritent pas mieux.

— Tu m’as pourtant contactée.

Pourquoi ? Pour lui infliger une humiliation en bonne et due forme ? Si tel était son but, mieux valait en finir le plus rapidement possible. Eve en avait assez de se débattre et de chercher des solutions. Si la guillotine devait tomber, elle ne regarderait pas Gage aiguiser la lame.

Il joignit le bout des doigts.

— Certains aspects de l'entreprise peuvent m'intéresser.

Eve expira longuement.

Que les jeux commencent.

— Qu'as-tu à proposer ?

— Une bouée de sauvetage.

— Assortie de quelles conditions ? Je pressens des choses désagréables.

— Un médicament est parfois amer à avaler, Eve.

— Dépêche-toi. Cela ne sert à rien de tergiverser.

— Ton père sera démis de ses fonctions de P-DG.

L'avocat toussota. Curieusement, Eve avait totalement oublié sa présence. Peu importait, puisque de toute façon son père était à l'hôpital et qu'elle le remplaçait.

— Il y aura une restructuration dans laquelle j'aurai mon mot à dire. Knight se débarrassera de ses actifs toxiques.

— La compagnie gardera-t-elle son nom et son pouvoir de décision ?

— Caron détiendra quatre-vingts pour cent des parts.

Ce n'était pas une réponse acceptable.

Il ne s'agissait pas d'un sauvetage, mais d'une prise de contrôle. Les membres de sa famille possédaient des actions. Sa mère et sa sœur dépendaient entièrement des dividendes qu'elles percevaient. Si Gage s'emparait de la quasi-totalité de l'entreprise, elles ne toucheraient plus suffisamment d'argent.

Eve secoua la tête.

— Knight est une marque mondialement connue, qui vaut des millions. Tu as tout intérêt à vouloir te l'approprier, ce qui nous met sur un pied d'égalité.

— Tu plaisantes ! Je suis en position de supériorité

absolue. Tu devrais considérer comme un miracle que je daigne te parler.

Eve avait espéré un arrangement possible, mais tous ses espoirs s'effondraient. Il lui faudrait chercher ailleurs un sauveur. Pourquoi pas un fonds d'investissement privé à l'étranger, qui ne connaîtrait pas la rumeur ? On taillerait peut-être en pièces Knight Enterprises, mais sans la tourner ouvertement en ridicule.

— Je refuse de me laisser insulter, déclara-t-elle. Nous n'avons plus rien à nous dire.

Elle se leva. Son avocat aussi.

— Menteuse, murmura Gage.

Elle se figea. Gage voyait-il clair en elle ? Avait-il percé la muraille défensive qu'elle avait soigneusement érigée au fil des ans pour protéger les secrets qu'elle gardait jalousement ?

Il se carra sur sa chaise avec un rictus déplaisant et s'adressa à l'avocat.

— Monsieur Stoddart, j'aimerais m'entretenir en particulier avec votre cliente.

Eve acquiesça. Puisqu'elle avait parcouru la moitié du globe terrestre pour venir à ce rendez-vous, autant rentabiliser son voyage et aller au fond du problème.

— J'attendrai dans le couloir. Appelez-moi si vous avez besoin, dit Stoddart. En tout cas, je vous avais prévenue. Vous avez eu tort de répondre à cette convocation.

Sur le seuil, il se retourna vers Gage.

— Monsieur, vous n'êtes pas un gentleman.

Gage se contenta de hausser les épaules.

— Assieds-toi, Eve, je t'en prie.

— Tu deviens poli ?

— Je mets les formes. Il ne sert à rien de te brusquer. Sinon, tu partiras en claquant la porte

Eve bouillait intérieurement. Elle s'était sottement laissé

prendre au piège et s'en repentait amèrement. Elle se rassit en lissant sa jupe et ils restèrent un instant silencieux, de part et d'autre de la grande table d'acajou.

Gage avait raison. Il fallait retrouver un ton courtois et s'y tenir.

— J'admire ce que tu as fait à Detroit. Recycler les vieilles usines pour les dédier aux technologies innovantes et offrir des formations aux ouvriers…

— Cela ne sert à rien de me flatter, la coupa-t-il.

— C'est la vérité.

Il hésita.

— Tu as suivi ma carrière ?

Elle songea au contenu d'une petite valise jaune qui l'accompagnait partout, et qu'elle avait laissée dans sa chambre d'hôtel. Elle y conservait ses souvenirs les plus précieux, ainsi qu'un cahier dans lequel elle consignait photos et articles. Mais elle n'en parlerait jamais à Gage, bien sûr.

— Je lis les journaux comme tout le monde, répondit-elle évasivement.

— C'est bien de donner du travail aux chômeurs, non ? Il faut toujours agir selon sa conscience. N'est-ce pas, *mon ange* ?

Le tendre surnom qu'il lui donnait autrefois avec amour avait à présent des accents venimeux. Certains souvenirs méritaient de demeurer intacts, vierges de souillure.

— Appelle-moi Mme Chevalier, ou Eve.

— Eve, alors. Comme la tentatrice originelle.

Soit. Elle méritait sa colère… mais ne la subirait pas passivement.

— À moins d'en avoir déjà très envie, personne n'est obligé d'accepter un fruit défendu. Vas-tu te moquer de moi encore longtemps ?

— J'adore te voir soumise à mon bon plaisir.

L'intonation, ouvertement sexuelle, presque lascive, lui fit monter le rouge aux joues. Eve se revit étendue nue avec lui sur une couverture, sous les branches basses d'un saule. Gage tressait des fleurs des champs dans ses cheveux après l'avoir follement aimée. Elle en avait pleuré de joie.

Elle s'empourpra davantage sous son regard perspicace. Comment osait-il ? Il n'avait pas le droit de réveiller ces souvenirs d'un temps révolu.

— C'est puéril et indigne de toi, commenta-t-elle.

— Tu m'as déjà jeté cette accusation à la figure lors de notre dernière conversation, au téléphone.

Les mots qu'elle avait prononcés, soufflés par son père assis à côté d'elle, resteraient à jamais gravés dans sa mémoire. Alors que Gage la suppliait de le revoir, elle lui avait porté le coup de grâce et avait réduit à néant leurs chances de se réconcilier.

« Tout est fini entre nous. Ne sois pas puéril. Ces démonstrations d'émotion sont parfaitement déplacées. »

Elle avait été cruelle, mais pour éviter le pire. En échange de sa rupture avec Gage, son père avait promis de ne pas révéler le secret qui pouvait être fatal à Caron Investments. Gage n'était pas le fils de son père et ne pouvait donc pas hériter légalement…

Eve avait d'abord refusé d'y croire, jusqu'à ce que son père produise des preuves. Une déclaration sous serment du géniteur de Gage, avec une photo qui frappait par leur ressemblance. Il y avait aussi des lettres de la mère de Gage à son amant pendant sa grossesse. Ces documents constituaient une bombe à retardement. Ils avaient le pouvoir de détruire Gage, qui adorait ses parents.

Eve voulait d'autant moins démolir le bonheur des Caron qu'elle-même souffrait d'une ambiance familiale toxique, asphyxiante. Obsédé par sa soif de revanche et de réussite, son père poursuivait des chimères. Fragile et craintive, sa mère préférait ses pilules et l'alcool à ses propres enfants. Et l'avenir de sa sœur ne tenait qu'à un fil.

Protégé par l'affection des siens, Gage s'accrochait à eux comme à un bouclier et promettait à Eve la sécurité et l'amour dont elle rêvait. Elle avait été dévastée d'apprendre que l'entreprise Caron avait des difficultés et que la vérité sur la naissance de Gage risquait de la mettre en faillite. Prête à tout pour leur éviter le pire, elle avait agi par amour, contre ses intérêts propres.

Elle s'était sacrifiée.

— Assez joué au chat et à la souris, déclara-t-elle. Knight Enterprises conservera son nom. J'accepte de consulter Caron pour des conseils de gestion, et je cède quarante pour cent des parts.

Une ombre voila le regard de Gage, qui éclata d'un rire amer.

— Tu te crois vraiment en position de négocier ?

Elle haussa les épaules.

— Tu ne manques pas d'audace ! reprit-il. Je prends des risques financiers énormes.

— La situation n'est pas désespérée. Sinon, tu n'interviendrais pas. Si tu es sincère et qu'il agit simplement d'affaires, c'est un bon accord.

— Je veux soixante-dix pour cent.

— Cinquante-cinq. Ma mère et ma sœur ne doivent pas être lésées. Il faudra compenser en leur donnant des actions chez Caron Investments.

— Pas question de concéder des faveurs à des Chevalier !

Elle-même possédait pourtant des parts, qu'elle avait achetées sous couvert d'une société anonyme, pour rester incognito.

Elle prenait un risque, en abattant ses cartes. Mais Gage comprenait ce genre d'arguments. Lui aussi veillait jalousement au bien-être de sa famille.

— Avec toi aux commandes, Caron ne sombrera jamais. Elles n'auront pas à craindre pour leur avenir.

— Et le tien ? demanda-t-il en se radoucissant.

Elle retrouva brièvement celui qu'elle avait connu et qu'il serait resté si le sort et son père n'en avaient décidé autrement. Il ne fallait pas pour autant se laisser attendrir. Même si le conflit entre les deux familles n'avait pas existé, leur amour n'aurait probablement pas duré. Ils étaient si jeunes, à l'époque…

— Je saurai me débrouiller.

Elle avait vite appris, une fois expédiée en France. Elle avait au moins échappé au pensionnat, la première intention de son père, et s'était inscrite à l'université. Du moment qu'elle rompait définitivement avec Gage, il était content.

Pour avoir la paix, elle avait renié ses sentiments, mais elle avait trahi Gage la mort dans l'âme.

— Tu dois déjà avoir une rente confortable, ironisa-t-il.

S'il croyait qu'elle avait agi par intérêt en se réconciliant avec sa famille, elle ne le démentirait pas. L'argent qu'elle devait toucher à son vingt et unième anniversaire avait servi à acheter une ferme horticole à Grasse. Son père, qui ne comprenait pas son amour des fleurs, lui avait refusé des études d'horticulture. Elle s'était consolée en réalisant son rêve.

— Je vis correctement, acquiesça-t-elle.

— Finalement, tout n'est qu'une question d'argent. Mais maintenant, c'est moi le maître du jeu…

Il contempla distraitement le panorama sur la ville.

— Soixante pour cent, c'est mon dernier mot, conclut-il. Et d'accord pour assurer des dividendes à ta mère et à ta sœur.

Eve poussa un soupir de soulagement, même si elle ne gagnait pas sur tous les plans.

— Merci…

Il leva la main.

— Attends, je n'ai pas terminé. Je veux autre chose.

Il avait de nouveau une expression de prédateur guettant sa proie. Elle en eut froid dans le dos.

— J'ai gardé le meilleur pour la fin. Félicitations, *mon ange*. Nous sommes officiellement fiancés.

2.

Eve blêmit. Sous son tailleur gris perle à la coupe sévère, Gage imaginait sans peine les courbes de son corps parfait.

Il en connaissait par cœur chaque centimètre de peau, caressée jadis avec un émerveillement sans bornes. Contrairement à elle qui avait rompu brutalement, il n'avait jamais oublié leur idylle. Il avait toujours envie d'elle. Malgré lui et en dépit de tout.

Il avait pourtant tout tenté pour tourner la page et se guérir de son obsession. Rien n'y avait fait. Ni l'alcool ni le sexe. Son image ne le quittait pas et altérait toutes ses sensations. Ils avaient vécu ensemble leur première expérience amoureuse et aucune femme n'était parvenue à la supplanter, comme si elles n'étaient toutes que de pâles imitations. Il avait l'impression d'avoir rencontré sa moitié, la seule qui lui corresponde. Avec elle, il avait perdu une part de lui-même.

Il s'efforça de chasser ces pensées. Il ne servait à rien de se torturer pour cette hypocrite qui lui avait menti et l'avait trahi d'une manière ignoble.

Elle ouvrait et fermait la bouche sans proférer un son, comme un poisson pris au piège. Elle avait bel et bien mordu à l'hameçon…

Il refoula la bile amère qui lui montait à la gorge. Son plan avait parfaitement fonctionné. Il avait ferré en même temps le père et la fille. Il n'avait pas été très difficile de piéger Hugo Chevalier qui se précipitait sur une affaire dès que Caron semblait s'y intéresser. Il se jetait littéralement dessus sans réfléchir, du moment que cela nuisait à son adversaire. Du moins en était-il persuadé.

Eve avait davantage résisté, ce qui lui procurait d'ailleurs un certain plaisir. Mais il était en position de force et elle serait bien obligée d'en passer par où il voulait.

Il regarda ostensiblement sa montre et s'appuya nonchalamment contre le dossier de sa chaise. Il attendait patiemment depuis sept ans. Quelques minutes de plus ou de moins ne comptaient pas.

Eve finit par se ressaisir.

— *Fiancés*, répéta-t-elle avec un rire affecté. Tu plaisantes ?

La colère de Gage commença à monter. Ce petit jeu avait assez duré. Eve et sa famille traînaient son nom dans la boue depuis la nuit où Hugo Chevalier l'avait passé à tabac pour le punir de sa témérité. Jamais il ne lui pardonnerait d'avoir voulu lui enlever sa précieuse fille !

Dans les années qui avaient suivi, toutes sortes de rumeurs abjectes avaient circulé sur son compte. Il n'avait jamais pu porter plainte pour diffamation car les attaques n'étaient jamais directes, ni publiques. Mais à maintes reprises, Hugo Chevalier avait fait échouer une négociation de Caron Investments en glissant un commentaire désobligeant à propos de Gage. Il l'accusait de ne pas être digne de confiance et d'avoir enlevé sa fille.

La comédie était terminée, maintenant. Eve allait en payer le prix.

— Je suis très sérieux.

— L'hostilité entre nos familles date de nos arrière-grands-parents. À l'époque, il n'était même pas concevable que les employés des deux entreprises se fréquentent.

Depuis, la situation a empiré, je ne te l'apprends pas. Tu perds la tête !

Sans doute… Malgré tout, une seule personne avait le pouvoir de dissiper les rumeurs qui nuisaient à Gage. Eve, puisqu'elle en était la source.

Elle se tenait avec raideur, guindée, les lèvres pincées, sans un cheveu qui dépassait de son chignon. Elle avait gommé toute sa spontanéité. Pourtant, il savait quelle nature impétueuse se dissimulait sous cette apparente sévérité. La lueur qui brillait dans ses yeux bleus la trahissait.

Gage détestait la façon dont son propre corps réagissait. Il ne résistait pas au chant de la belle sirène. S'il n'y prenait garde, il se fracasserait contre les rochers de ses souvenirs.

— Justement, cela fera une histoire magnifique ! J'imagine les gros titres des journaux.

Le destin réunit des amoureux séparés par des familles ennemies.

« Nous serons les Roméo et Juliette des temps modernes. Avec une fin heureuse, ce qui ne gâte rien. »

Eve secoua la tête.

— Non, ce n'est plus de notre âge.

Elle balayait leur passé d'un revers de main… Mais Gage gagnerait. Si elle ne pliait pas, il démantèlerait Knight. Totalement. Il n'y avait rien de plus important pour lui que sa réhabilitation aux yeux du monde et de ses parents.

Il n'oublierait jamais le coup de poing qui lui avait fracturé le nez. Ni la morsure des menottes lorsque Hugo Chevalier l'avait fait arrêter par la police parce qu'il refusait de lui dire où était Eve. Heureusement, son père avait payé une caution pour le libérer et son équipe juridique avait très vite désamorcé l'affaire.

Gage avait tout supporté la tête haute, même la déception paternelle… jusqu'à la réapparition d'Eve au sein de sa famille. Tous les jours, il attendait fébrilement son appel.

Il avait tellement hâte de la revoir ! Ils s'enfuiraient de nouveau et se marieraient en envoyant tout le monde au diable.

Puis, il avait compris qu'elle s'était moquée de lui. La petite princesse capricieuse et gâtée s'était amusée pour tromper son ennui en attendant de toucher le pactole promis par sa famille pour ses vingt et un ans.

Gage serra les mâchoires.

— Je me suis sans doute mal exprimé. Tu n'as pas le choix. Cela fait partie du deal.

— Je te laisse soixante-dix pour cent, du moment qu'on ne touche pas aux dividendes de ma mère et de ma sœur.

— Non.

Il se leva et se dirigea vers elle.

— Quatre-vingts pour cent, dit-elle en reculant sa chaise.

— Si tu n'es pas dans le contrat, je retire entièrement ma proposition.

Il la dominait de toute sa hauteur. Elle rejeta la tête en arrière en écarquillant des yeux apeurés. Il prenait plaisir à la tourmenter.

— Les créanciers ne tarderont pas à t'assiéger. Ta mère et ta sœur se retrouveront à la rue et je finirai par tout posséder. Tôt ou tard.

— Que gagnerais-tu avec une exigence aussi ridicule ? Des fiançailles !

Elle avait le souffle court, la voix altérée.

Il s'immobilisa. Pourquoi faisait-elle semblant de ne rien comprendre ? Comment osait-elle ? Elle était complice de la machination qui s'était tissée autour de lui. Sa réputation de bad boy le suivait partout. Certes, il s'en était très bien sorti. Sa réussite dépassait ses espérances les plus folles. Mais il n'avait pas réalisé toutes ses ambitions et voulait conquérir le marché international. En ce moment, il négociait avec des Allemands et avait besoin d'Eve qui connaissait bien l'Europe. Il se servirait d'elle sans scrupule.

— J'arrive toujours à mes fins.

— Tu veux m'épouser ? bredouilla-t-elle en rougissant.

Les mots étaient sortis tout seuls. Il s'en rendit compte et se mit à rire.

— Oh non ! Ne t'inquiète pas, *mon ange*. Il ne s'agit que d'un arrangement temporaire. Sauf si tu souhaites le prolonger. J'accède toujours au désir des femmes, tu le sais.

La gorge d'Eve se contracta et il éprouva l'envie presque irrépressible de toucher l'endroit où son pouls battait, à la base du cou. Le temps s'arrêta et l'air se chargea d'électricité, comme si, brusquement, tout pouvait arriver. S'il la touchait, s'il se passait de nouveau quelque chose entre eux, cela exorciserait peut-être le démon qui l'habitait…

— Je ne veux rien avoir à faire avec toi.

— Encore un mensonge, *mon ange* ? Quelle déception ! Tout, dans ton comportement, te trahit. Tu me désires encore.

Il le voyait à la manière dont elle guettait le moindre de ses mouvements. Elle ne le quittait pas des yeux, surtout sa bouche et ses mains, comme si elle se remémorait les sensations d'autrefois. À l'époque, ils étaient fous l'un de l'autre, jusqu'à l'obsession, et ne pensaient qu'à une chose, échapper à leurs familles pour se retrouver seuls. Cela ne s'oubliait pas. Il en avait la certitude.

— Tu accepteras. Nos fiançailles dureront aussi longtemps que nécessaire. J'y mettrai fin lorsque je le jugerai bon. Tu devras juste avoir l'air heureuse. Je n'ai aucune crainte de ce côté-là. Tu es une excellente comédienne.

Elle ne protestait même pas…

Ses lèvres pulpeuses le fascinaient. Il mourait d'envie de les capturer. Pourquoi avait-elle toujours autant de pouvoir sur lui ? Serait-il encore capable de pensées rationnelles s'il l'embrassait ?

— Quel bénéfice en retirerais-tu ? demanda-t-elle.

— Premièrement, j'écrase ton père qui fulminera à l'idée qu'un Caron pose la main sur sa fille chérie. Je lui montre que c'est moi le plus fort. Ensuite…

Gage savourait d'avance sa victoire. Hugo Chevalier aurait perdu sur tous les tableaux. Le monde entier connaîtrait enfin la vérité sur les fausses rumeurs qu'il avait répandues.

Une ombre passa sur le visage d'Eve.

— Il y a une chose que tu dois savoir, dit-elle. Puis-je compter sur ta discrétion ?

— Tu ne me fais pas confiance, *mon ange* ?

Elle cilla, comme chaque fois qu'il l'appelait ainsi, mais c'était plus fort que lui. Il lui renvoyait en pleine face le mépris dont elle l'avait accablé.

— Bien sûr que non ! répondit-elle. Tu devrais t'en douter, tu es un homme intelligent. Je vais tout de même te confier une information confidentielle. À condition que tu tiennes ta promesse.

— Si toi aussi tu respectes les termes de notre contrat.

Elle ferma brièvement les paupières et ses épaules se voûtèrent. Quand elle rouvrit les yeux, toute trace de vulnérabilité avait disparu. Son regard bleu avait la dureté de l'acier.

— Mon père est à l'hôpital, dans une unité de soins intensifs.

Il eut l'impression que le sol se dérobait sous ses pieds. Un maelström de sensations confuses le submergea. Naturellement, il serait déçu que Hugo Chevalier ne comprenne pas ce qui se passait et n'ait pas conscience de sa défaite. En même temps, il éprouvait autre chose, comme un élan d'empathie.

Il se ressaisit.

— C'est grave ?

Eve souffrait. Elle aimait son père, puisqu'elle avait choisi de retourner vers lui et de lui obéir…

— Une infection généralisée. Les médecins craignent une défaillance des organes vitaux, mais il n'est pas à l'agonie.

— Je suis désolé, murmura-t-il poliment.

Il n'était tout de même pas un sauvage.

Eve ne se radoucit pas.

— Je devais te prévenir, parce que si tu cherches à te venger il ne reste que moi.

Elle demeurait impassible, comme s'ils discutaient simplement affaires.

À présent, il suffisait que Gage divulgue cette information pour que Knight Enterprises s'écroule sur-le-champ. Mais il n'en tirerait aucune satisfaction. Il fallait que le coup vienne de sa main. De toute façon, il avait besoin d'Eve pour restaurer sa notoriété.

Comme il détestait cette dépendance ! D'autant plus que l'aiguillon du désir le tenaillait. Eve était ravissante, irrésistible, avec son nez retroussé, ses grands yeux d'un bleu limpide et ses cheveux blonds. Il l'aurait déshabillée avec un plaisir immense pour la posséder ici même, sans attendre. Elle s'agita sur sa chaise et son parfum de jasmin printanier exacerba ses sens. Quand cesserait-elle de l'obséder ?

— Je me contenterai de toi, rétorqua-t-il d'une voix hargneuse, méconnaissable.

Elle battit des paupières, comme s'il l'avait giflée, mais se redressa avec fierté.

— Si tu cherches à me faire mal, sache que rien ne peut plus m'atteindre.

Il se demanda fugitivement pourquoi elle disait cela. Elle avait toujours vécu dans un cocon, protégée, à l'abri des épreuves.

— Il y a si longtemps, maintenant, ajouta-t-elle. La vengeance ne mène à rien. Tu vaux mieux que cela.

Peut-être avait-elle raison. Néanmoins, les souvenirs qui le hantaient ne s'effaçaient pas malgré le temps qui passait. Toutes ces journées à tenter vainement de la joindre… Puis, un jour, enfin, elle avait décroché. Il avait éprouvé un soulagement immense, mais de courte durée. Elle lui avait assené une rupture cruelle et définitive. Sa voix résonnait avec un écho bizarre. Elle avait mis le haut-parleur et son père devait les écouter en jubilant.

Non, il n'oublierait jamais.

Il avait essayé de la chasser de sa mémoire. Mais il pensait à elle dès qu'il touchait une autre femme. Il avait vainement collectionné les conquêtes. Il sursautait chaque fois qu'il apercevait une mèche blonde ou un regard bleu… Et pendant qu'il essayait de panser les blessures de son cœur dévasté, elle coulait des jours paisibles en France.

Il avait fallu des années à Gage pour ne plus être obsédé par le souvenir de son cri rauque dans la jouissance, par son odeur qui ressemblait aux fleurs printanières qu'elle aimait tant. Il fallait se débarrasser d'elle une bonne fois pour toutes.

Quand il s'appuya contre la table, Eve leva les yeux vers son visage, puis son regard descendit le long de son torse, vers la ceinture de son pantalon et plus bas encore. Si elle continuait à le fixer avec autant d'insistance, elle saurait vite combien il la désirait.

Et s'il l'embrassait ? Comment réagirait-elle ? Sa respiration hachée et ses pupilles dilatées ressemblaient fort à une invitation. Même si elle l'avait dédaigné en refusant de se marier, elle restait très attirée physiquement.

Non, ce serait indigne de lui, en effet. Elle ne méritait pas mieux que cette mascarade de fiançailles. Il y gagnerait au moins de remporter un marché juteux en Europe tout en dégustant une vengeance convoitée depuis longtemps. Le jeu en valait la chandelle. Ensuite, il passerait enfin à autre chose.

— C'est facile pour toi, de parler ainsi, commenta-t-il. Tu n'as pas eu à subir de conséquences.

Elle plissa le front.

— Comment cela ?

— Ne fais pas l'innocente.

Il s'écarta pour aller se servir un verre d'eau qu'il avala presque d'un trait. Mais cela n'apaisa pas le feu qui le brûlait intérieurement.

— N'aie pas d'inquiétude, reprit-il. La comédie ne durera pas très longtemps. Tu sauras parfaitement donner le change et tenir ton rôle. Loin de moi l'idée de ranimer une flamme éteinte depuis longtemps. Je n'ai pas l'intention de renouer des liens. Tu recouvreras ta liberté dès que j'aurai décroché le contrat qui m'intéresse.

— De quel contrat parles-tu ? Je ne comprends pas.

Il hésitait à lui révéler son projet dès maintenant. Rien ne l'y obligeait. Mais elle avait fait preuve d'honnêteté en lui confiant au sujet de son père un secret lourd de conséquences. Elle aurait très bien pu ne rien dire, car il détenait désormais le pouvoir de la ruiner totalement.

Il était sans doute plus productif de lui expliquer tout de suite de quoi il retournait. Leur association s'achèverait plus vite, dès que l'objectif serait atteint. N'était-ce pas ce qu'il souhaitait ? Il se sentit bizarrement perplexe.

— Greta Bonitz, lâcha-t-il.

Les yeux d'Eve s'écarquillèrent. Connue pour ses investissements dans les énergies renouvelables, l'industrielle allemande avait une réputation de puritaine, très à cheval sur les principes. Elle ne traitait qu'avec des gens à la moralité irréprochable, dont Gage s'excluait par son libertinage affiché.

Tout changerait radicalement s'il était fiancé à Eve. Une collaboration avec le consortium Bonitz offrirait alors à Caron Investments une place de choix sur la scène internationale, celle qu'ils auraient dû occuper depuis des années et qui leur revenait de droit. Gage s'était promis d'y arriver pour faire plaisir à son père. Cela compenserait les bêtises qu'il avait commises à vingt-trois ans dans la naïveté de sa jeunesse, lorsque la passion l'aveuglait.

Il serait enfin soulagé du fardeau d'une culpabilité écrasante.

— Pourquoi ? demanda Eve.

— En regagnant ma respectabilité, je serai en mesure de traiter avec elle.

À la lueur d'intelligence qui s'alluma dans ses yeux, il vit qu'elle cherchait une porte de sortie.

— Attention, Eve. Tu as plus à perdre que moi. N'oublie pas que Caron doit renflouer ta société et éviter à ta mère et à ta sœur de se retrouver sur la paille.

— Tu es un vrai requin, Gage. Tu prépares cela depuis des années, n'est-ce pas ?

Il eut un sourire carnassier.

— Sept ans, exactement.

Prenant brusquement conscience qu'elle était acculée et ne parviendrait pas à s'échapper, elle pinça les lèvres et se redressa.

— Quand devrait débuter cette comédie ?

— Tu as vingt-quatre heures pour mettre de l'ordre dans tes affaires. Nous partons dans deux jours. Je veux d'abord étudier le dossier des intérêts Knight dans les holdings français. Nous rencontrerons ensuite *Frau* Bonitz.

— Cela ne me laisse pas beaucoup de temps. Que dois-je dire à ma famille ?

— Rien de plus simple. Après avoir longuement débattu et analysé nos différends, nous nous sommes rendu compte que nous n'avions jamais cessé de nous aimer. Cela devrait suffire. Tout le monde aime les contes de fées.

Elle devint écarlate.

Il la considéra d'un œil critique. À vingt ans, elle était déjà d'une beauté incomparable, mais elle s'était encore épanouie. Il avait beaucoup de mal à garder ses distances.

— Il faudra finaliser notre accord par écrit, dit-elle.

Elle avait raison. Mieux valait garder la tête froide. Il ouvrit son dossier, griffonna les pourcentages dans les espaces laissés en blanc par les rédacteurs et ajouta un paragraphe concernant les transferts d'actions Caron. Ce compromis irritant n'avait finalement pas grande importance.

Il data et signa, puis fit glisser les feuillets vers Eve, avec son stylo.

— Voici un mémorandum de notre accord. Nos avocats respectifs régleront ensemble les derniers détails, mais cela devra suffire pour l'instant. Je ne reviens jamais sur la parole donnée, contrairement à d'autres.

Elle parcourut lentement le document, les mâchoires serrées. En arrivant, il savait déjà à peu près quelles concessions il était prêt à accorder. Il s'en sortait bien, ce qui prouvait qu'elle était aux abois.

— Tu es très organisé, observa-t-elle. Félicitations.

Dédaignant son stylo, elle sortit le sien de son sac et apposa sa signature élégante au bas de la dernière page.

— J'ai eu largement le temps de la réflexion, ironisa-t-il.

Il ne baissait jamais la garde et personne ne le prenait plus jamais au dépourvu. Il ne laissait rien au hasard.

— Au bout de sept ans, je pensais que tu aurais jeté l'éponge, remarqua-t-elle.

Gage préféra lui donner un avertissement clair et net.

— Oh ! *mon ange*. Méfie-toi de la colère d'un homme patient.

Eve se pelotonna dans le fauteuil en cuir du jet privé à l'arrêt sur le tarmac de l'aéroport. Elle massa ses tempes, douloureuses malgré les cachets qu'elle avait pris contre une migraine persistante. En fait, elle ne savait pas où elle avait le plus mal, au cœur ou à la tête. Tout allait beaucoup trop vite depuis que Gage avait réapparu dans sa vie.

Elle avait d'abord cru qu'il suffirait de préserver sa mère et sa sœur pour calmer ses angoisses. Il n'en était rien. D'autres peurs surgissaient. Des regrets et des doutes refaisaient surface. Comme il ne servait à rien de les réprimer, elle s'abandonna, pour une fois, à ses souvenirs.

Ils étaient beaucoup trop jeunes. Même si leurs sentiments avaient survécu aux révélations sur la naissance de Gage, leur amour n'aurait pas duré. Elle s'était répété cela inlassablement, jusqu'à s'en convaincre. La rupture, certes douloureuse, leur avait sûrement évité les complications d'un divorce pénible, avec des récriminations et des querelles d'avocats à n'en plus finir.

Elle devait se faire une raison et endosser le rôle que Gage lui imposait. Elle avait surmonté des épreuves autrement plus pénibles. L'image du petit cercueil blanc, dans l'église vide, traversa fugitivement son esprit. Puisqu'elle avait surmonté le deuil de son bébé né avant terme, elle trouverait la force et l'énergie d'aller de l'avant.

Eve leva les yeux vers le coffre à bagages. Elle aurait préféré garder sa petite valise jaune à ses pieds, mais l'hôtesse l'avait rangée en la rassurant d'un sourire. Eve ne s'en séparait jamais. À une époque, il lui arrivait de pleurer pendant des heures sur ce qu'elle contenait.

Au lieu de s'inquiéter inutilement, elle attrapa un magazine sur une table basse et feuilleta distraitement les pages remplies de photos de mode et de ragots sur des célébrités. Une publicité pour un parfum attira brusquement son attention et lui donna une bouffée d'orgueil.

Elle reconnut le champ de fleurs, dans la propriété qu'elle avait achetée dans le sud de la France grâce au capital reçu à sa majorité, qu'elle avait complété par un emprunt auprès de la succursale française de Knight. Une marque de luxe avait passé contrat pour lui acheter en exclusivité sa production florale, en particulier une variété de rose sélectionnée par son chef horticulteur.

Eve était obligée de louer sa maison une partie de l'année pour acquitter ses remboursements. C'était son seul regret. Mais d'ici quelques années, elle serait propriétaire à part entière.

Son père n'avait jamais compris son goût pour le jardinage, comme si se salir les mains dans la terre était au-dessous de sa condition. C'était en cueillant des jonquilles au fond du parc qu'elle avait aperçu Gage pour la première fois. Il la regardait depuis la haute branche d'un vieux magnolia où il était perché. Sa silhouette se découpait sur un ciel aussi bleu que ses yeux.

Elle chassa ce souvenir. Gage n'était plus ce jeune homme espiègle et elle-même avait perdu depuis longtemps ses illusions. Ils étaient devenus adultes et leurs chemins s'étaient séparés. Elle revint à la photo. En fermant les paupières, elle sentait presque les fragrances de lavande, de rose et de jasmin dans le crépuscule embaumé. Là-bas, elle était heureuse et oubliait ses soucis.

La voix de l'hôtesse, au fond de la cabine, la ramena à la réalité.

— Bonjour, monsieur Caron. Nous sommes prêts pour le décollage.

— Désolé d'être en retard. Excusez-moi auprès du pilote et de l'équipage. Ma fiancée est arrivée ?

— Oui, répondit l'hôtesse. Toutes mes félicitations.

L'estomac noué, Eve referma le magazine et croisa les mains nerveusement tandis que Gage s'avançait dans l'allée. Avec son costume gris perle et sa cravate assortie, il irradiait l'autorité et le pouvoir. Quand il s'assit en face d'elle, ses genoux effleurèrent les siens et elle tressaillit.

— Chérie, je suis content de te voir, dit-il avec un regard appuyé sur son chemisier au col entrouvert.

Elle regretta aussitôt de ne pas l'avoir boutonné jusqu'en haut, même si elle avait pris soin de s'habiller avec un tailleur-pantalon strict de femme d'affaires.

— Comment ta famille a-t-elle accueilli la nouvelle de nos fiançailles ?

— Aussi bien que possible…

En réalité, sa mère s'était répandue en gémissements et Veronique l'avait carrément accusée de trahir l'honneur familial avec un *sale Caron*.

— Et tes parents ? demanda-t-elle.

— Ils ne souhaitent que mon bonheur, déclara-t-il platement.

Un muscle tressauta sur sa joue. Disait-il la vérité ? Il jugeait sans doute que sa famille valait mieux que la sienne.

Enfant unique, il était adoré par ses parents et il idolâtrait son père. Gus Caron savait-il que Gage n'était pas vraiment son fils ? En tout cas, ils avaient l'air très heureux en famille, alors que les parents d'Eve ne se souciaient guère de leurs filles. Hugo Chevalier, qui ne s'intéressait qu'à sa réussite sociale et professionnelle, avait toujours amèrement regretté de ne pas avoir d'héritier mâle.

— Nous pourrions aller les voir pour Thanksgiving, suggéra-t-il.

— C'est… dans quatre mois.

— Et alors ?

Elle soupira en bouclant sa ceinture.

— Cette mascarade sera peut-être terminée. De toute façon, je n'ai pas du tout envie de jouer la comédie devant tes parents.

— Tu as peur d'être démasquée ?

— Tu es fils unique. Je ne veux pas leur infliger une désillusion cruelle.

Il se tourna vers le hublot et elle fit de même. Mais elle ne pouvait pas ignorer sa présence. Il dégageait une telle énergie que l'air bruissait autour de lui. Elle n'arrivait pas à se détendre.

Quand il la regarda de nouveau, son visage s'était radouci.

— Pas de Thanksgiving, alors.

L'avion avait pris sa vitesse de croisière et le pilote annonça qu'ils pouvaient détacher leurs ceintures. Quand Gage se leva et se dirigea vers le cockpit, Eve le suivit des yeux malgré elle. Sa silhouette imposante, avec sa large carrure et ses jambes immenses, la troublait toujours autant.

Quelle femme serait restée insensible devant son teint bronzé, ses cheveux blonds et son corps d'athlète ? Elle se ressaisit. Il ne fallait pas s'abandonner à ce genre d'émotions et gaspiller son énergie à rêver de cet Apollon qu'elle ne posséderait jamais.

Eve se renfonça dans son siège et ferma les paupières. Elle ne se sentait pas la force de travailler. À quoi bon lire les rapports dans sa boîte mail ? Elle n'ignorait plus rien des acquisitions toxiques de son père. Au lieu de le suivre aveuglément, le conseil d'administration aurait dû s'interroger depuis longtemps sur la folle obsession qui le poussait à rivaliser avec Caron Investments et leur damer le pion systématiquement quand une affaire se profilait.

Elle essaya de dormir. Juste comme elle commençait à s'assoupir, Gage la réveilla.

— Tiens, c'est pour toi, dit-il en lui tendant un petit écrin bleu.

Devinant ce que c'était et dont elle ne voulait pas, elle tendit néanmoins la main en évitant soigneusement de le toucher.

— Ce n'était pas nécessaire, murmura-t-elle dans un filet de voix.

Quand ils en avaient parlé autrefois, Gage, désolé de ne rien avoir prévu, avait promis de réparer son oubli dès qu'ils auraient franchi la frontière. Quelle différence, entre leurs rêves d'alors et la triste réalité d'aujourd'hui !

— Bien sûr que si, protesta-t-il. Le tableau ne serait pas complet sans une bague.

Eve eut un haut-le-cœur. Ce simulacre salissait de beaux souvenirs qui l'avaient soutenue pendant de longues nuits solitaires, après l'accident. Elle ne désespérait pas de retrouver un jour son amour de jeunesse.

Puis, son père avait mis les points sur les *i*. Rien de tel ne se produirait. Sinon, la famille Caron serait détruite, leur entreprise ruinée. Gage finirait forcément par la haïr. Il regretterait le moment où, perché en haut du magnolia, il avait posé les yeux sur la petite fille qui cueillait des jonquilles et lui avait dit bonjour. Leur couple serait à jamais brisé et leurs vies en lambeaux.

Eve s'était sacrifiée par amour, mais ils en seraient au même point aujourd'hui si elle ne l'avait pas fait. Elle avait agi pour le mieux.

Sans aucun doute.

Elle souleva le couvercle de la boîte. Une énorme pierre bleue, de la même couleur que ses yeux et ceux de Gage, entourée de diamants sur une monture d'or blanc brillait avec un éclat parfait.

Eve glissa la bague à son doigt en tremblant.

— Elle me va parfaitement.

— Tant mieux. Je me rappelais ta taille. J'ai pris un peu au-dessus.

Il se gratta la gorge d'un air gêné.

— Tu étais très fine. J'ai pensé que tu te serais épanouie.

Eve devait ses légères rondeurs à sa grossesse. Elle arborait maintenant comme une armure des courbes féminines qu'elle aurait autrefois perdues pour garder une silhouette parfaite. Elle chérissait ce souvenir du petit garçon qu'elle aurait pu avoir et qui aurait peut-être ressemblé à Gage.

Elle ferma les yeux pour refouler ses larmes et ne les rouvrit qu'après avoir recouvré son vernis d'indifférence glaciale.

— Oui, tout le monde s'étoffe un peu avec l'âge.

Gage l'observa avec une lueur étrange dans le regard.

— Elle te plaît ? demanda-t-il doucement, comme s'il s'en souciait réellement.

— Beaucoup, chuchota-t-elle.

Elle regretta sa réponse quand il esquissa un sourire moqueur.

— Avec un bijou pareil, personne ne pourra douter de ta sincérité.

De nouveau froid et impénétrable, il se redressa, mais l'étincelle, au fond de ses yeux, brillait encore. Comprenant qu'elle avait toujours le pouvoir de l'affecter, Eve éprouva un sentiment de victoire enivrant. Elle en aurait gémi de plaisir. L'envie de retrouver son odeur et le goût de sa bouche l'envahit avec une violence inattendue.

— Tu as l'air fatigué et le voyage va être long. Il y a une chambre à l'arrière. Je serais évidemment flatté que les gens attribuent tes cernes à nos folles nuits d'amour, mais ce serait dommage pour les photos des inévitables paparazzi.

Elle sourit faiblement. Avait-il lui aussi conscience de la manière dont il la troublait ? Y attachait-il de l'importance ?

— Je vais me reposer, tu as raison.

En plus, cela lui ferait du bien de s'éloigner un peu. Cette lutte de tous les instants contre un désir envahissant l'épuisait. Elle dormait mal la nuit, d'un sommeil entrecoupé de rêves où elle imaginait leurs deux corps enlacés. Des fantasmes torrides la tourmentaient sans répit.

— Merci de t'inquiéter de moi.

Il ricana.

— Oh ! je ne m'inquiète pas, *mon ange*. Je me moque éperdument de ce que tu ressens.

Elle s'éloigna, la tête haute, tout en réalisant dans son for intérieur qu'ils étaient aussi menteurs l'un que l'autre.

3.

Ils auraient dû voyager séparément. Il serait parti d'abord et Eve l'aurait rejoint un peu plus tard. Mais il avait voulu tester sa résistance, se prouver qu'elle ne l'affectait plus ou en tout cas qu'il dominait le désir qu'elle lui inspirait. Malheureusement, ce voyage en avion s'avérait un cauchemar abominable parce que son corps le trahissait, comme celui d'un drogué en manque.

Quand elle était partie se reposer dans la chambre, il avait failli la rejoindre pour se glisser dans le lit à côté d'elle, et voir où cela les mènerait. Il avait perdu le contrôle d'une manière horriblement embarrassante quand il lui avait donné sa bague de fiançailles. Pourquoi avoir demandé si elle lui plaisait ? Il s'en moquait éperdument. Malgré tout, son regard émerveillé tandis qu'elle la contemplait l'avait bizarrement ému.

Il devait se ressaisir. Eve ne signifiait plus rien pour lui, sinon le moyen de parvenir à ses fins. Restaurer l'honneur de son nom et redorer le blason de Caron Investments pour conquérir la scène internationale. Dès qu'il aurait atteint son but, il se libérerait de cette femme.

Ses hormones n'auraient pas le dessus.

Maintenant qu'ils avaient atterri, ils en avaient à peu près pour une heure en voiture. Pour s'occuper, Gage sortit sa tablette de son porte-documents et entreprit de consulter ses mails. Il avait un mal fou à se concentrer. Au moindre geste d'Eve, les battements de son cœur s'accéléraient.

Pourquoi n'avait-il pas loué un hélicoptère ? Le trajet aurait été plus rapide et ils n'auraient pas été confinés dans ce petit espace où il avait la sensation de manquer d'air.

Au bout d'un moment, elle fronça les sourcils en regardant le paysage.

— Nous devrions déjà être arrivés.

— C'est-à-dire ?

— Nous n'allons pas à Nice ?

— C'est là que nous rencontrerons Greta, mais nous logeons ailleurs.

Il essaya de se replonger dans sa lecture. Le parfum d'Eve, un mélange discret de rose et de jasmin, le déconcentrait. Il associait tellement les fleurs à son amour de jeunesse qu'il les interdisait partout, chez lui et au bureau. Pour lui, Eve serait toujours cette jolie sylphide qui lui était apparue dans le parc, un bouquet de jonquilles à la main.

Il n'oublierait jamais cette image qui resterait probablement gravée en lui jusqu'à son dernier souffle. Comme la vie, alors, paraissait pure et innocente…

— Je t'ai posé une question, réponds-moi !

La voix d'Eve la ramena au présent. Il devait se maîtriser. Sinon, il deviendrait fou. Elle se mordait la lèvre d'un air indécis. Il eut envie d'embrasser sa bouche rouge et pulpeuse.

Gage se secoua. Il était temps de rappeler à Eve qui commandait.

— Ma secrétaire t'a certainement communiqué notre programme. Je te tiendrai au courant au jour le jour de la suite des événements.

Elle plissa les yeux.

— Tu es peut-être en position de supériorité, mais cela

ne te donne pas le droit de me malmener. Tu possèdes Knight, mais pas *moi*.

Ses paroles le blessèrent au vif. Elles résonnaient comme un écho de tous les mensonges qu'on racontait sur lui depuis des années. Sous la surface, la colère toujours prête à resurgir se réveilla.

— Que veux-tu dire ?

Elle leva la main à la hauteur de son visage.

— Ce n'est pas parce que je porte cette bague que je dois supporter un comportement grossier de ta part. J'accepte que tu ne m'aimes pas ou même que tu me détestes, mais cela ne doit pas t'empêcher de te conduire en gentleman, comme ta mère t'a élevé.

L'agression dont il avait été victime sept ans plus tôt avait sévèrement écorné sa bonne éducation. Le père d'Eve et ses sbires l'avaient roué de coups, puis la police l'avait menotté et jeté en prison parce qu'il avait eu la témérité d'aimer et de vouloir protéger la femme qui se tenait en ce moment à côté de lui. Il avait subi stoïquement tout cela en homme d'honneur. Et où cela l'avait-il mené ? À rien.

— Tu es mal placée pour me donner des leçons, Eve. Une lady ne devrait-elle pas tenir ses promesses ?

— Une lady peut aussi changer d'avis. Cela ne nous empêche pas de rester polis. Nous sommes supposés renouer une histoire d'amour. Si tu veux que les gens y croient, tâche de changer d'attitude à mon égard et de ne pas m'écraser de ton mépris. Maintenant, réponds-moi et dis-moi où nous allons.

Pendant son ardent plaidoyer, le rouge lui était monté au visage, la rendant encore plus belle. Son expression vibrante lui rappelait malgré lui les instants de jouissance où elle s'était abandonnée entre ses bras.

Ce genre de pensée n'était plus d'actualité. Gage devait se consacrer à son projet et se concentrer sur sa stratégie.

— Nous allons à Grasse, Eve, dans ta ferme horticole. Puisque tu parles de rendre la situation crédible, commençons par là.

Elle blêmit. Il aurait dû triompher, mais se sentit au contraire dégradé par cette victoire. Malgré tout, il s'endurcit. Que lui importait la réaction d'Eve ? Il endossait simplement le rôle de méchant dans lequel on l'avait cantonné injustement.

Sans rien dire, Eve sortit une tablette de la curieuse valisette jaune dont elle refusait de se séparer et qui était à ses pieds. Elle avait pourtant les moyens de s'offrir de la maroquinerie de luxe, mais semblait tenir beaucoup à cet objet usagé et à son contenu. Elle prit bien garde de cacher ce qu'il y avait à l'intérieur.

Elle l'alluma et demeura absorbée jusqu'à leur arrivée dans la propriété. Quand ils franchirent la grille pour s'engager sur le chemin caillouteux, son froncement de sourcils se lissa comme par magie. Un sourire se peignit sur ses lèvres, avec une expression de bonheur et de joie paisible.

C'était ainsi qu'elle le regardait autrefois. Ce domaine l'avait apparemment supplanté dans son cœur. Quel affront d'avoir été remplacé non par quelqu'un, mais par quelque chose de matériel !

La voiture se gara devant une pittoresque maison de pierre à étage, au milieu de champs de fleurs roses et mauves. Il descendit le premier. Pendant qu'il cherchait la clé que le chauffeur lui avait remise, Eve se dirigea vers la porte qu'elle ouvrit avec la sienne propre. Comme pour lui rappeler qui était la propriétaire.

— J'espère que tout sera à ta convenance, lança-t-elle sèchement.

En lui emboîtant le pas, il ne put s'empêcher d'admirer

la perfection de sa silhouette, dans ce tailleur-pantalon qui soulignait la cambrure de ses reins.

À l'arrière, le salon avec de larges baies ouvrait sur une terrasse fleurie et une piscine. Une brise douce gonflait les voilages des fenêtres. Les meubles rustiques, bien cirés, et de jolies peintures de paysages accrochées aux murs formaient un décor accueillant et chaleureux.

La demeure ne ressemblait à aucune des propriétés de Gage, très modernes, agencées par des architectes d'intérieur dans des tons de gris et des matériaux froids, chrome, verre et acier. Ici, on se sentait chez soi, pas à l'hôtel.

— C'est beau, dit-il en toute sincérité. Tu as toujours rêvé d'un endroit comme celui-ci.

Eve posa son sac sur la table et se retourna.

— Toi aussi. Aurais-tu oublié ?

Ils avaient souvent parlé de leur future maison, à l'époque où ils partageaient les mêmes espérances. Mais Eve n'avait pas voulu de cet avenir commun. Aveuglé par l'adoration qu'il lui portait, il avait été trop naïf pour s'en rendre compte à temps. Il ne fallait pas oublier cette cruelle leçon. Ils n'avaient pas besoin l'un de l'autre. Autrefois cela paraissait inconcevable. Pourtant, tout ce qu'il avait accompli l'avait été sans elle.

Elle sortit sur la terrasse et s'accouda à la balustrade. Des fleurs multicolores s'étendaient à perte de vue. Leur parfum embaumait. L'odeur qui flottait dans l'air ressemblait à Eve, à la vie qu'ils auraient eue ensemble. Il ne voulait pas s'approcher trop et resta un peu à l'écart. La tiédeur de cette journée s'insinuait en lui, jusque dans la moelle de ses os, dénouant des tensions avec des promesses dont il ne voulait pas. Tout ici parlait d'occasions perdues et de possibilités nouvelles, miraculeusement offertes. Gage enleva sa veste en se laissant aller au plaisir inattendu de l'instant.

— Tu aurais dû me dire que nous venions à Grasse, dit Eve en contemplant le bleu turquoise de l'eau. J'aurais apporté mon maillot.

— Tu n'en as pas besoin. Nous sommes à l'abri des regards, répliqua-t-il spontanément.

Il l'imagina nue dans la piscine. Il plongerait avec elle… Eve le regarda par-dessus son épaule, les pommettes toutes roses. Puis elle vint à sa rencontre, les lèvres légèrement entrouvertes, les pupilles dilatées. Il s'en fallait de peu qu'il ne l'embrasse, comme avant. La pulsion était si forte qu'il dut faire un effort surhumain pour résister à l'envie d'enfouir les doigts dans ses cheveux et l'attirer contre lui. Il hésita un instant et recula d'un pas.

— Aussi tentant que cela paraisse…, murmura-t-elle.

Elle envahit son espace personnel avec un sourire railleur.

— Je crois que je vais aller m'acheter un bikini.

Et elle passa devant lui avec un balancement des hanches ensorcelant.

Eve noua les liens du deux-pièces jaune et bleu qu'elle avait trouvé dans une boutique de Grasse. Au départ, elle n'avait pas l'intention de s'exposer dans une tenue aussi provocante, mais elle avait passé toute sa vie à faire attention et en avait assez de se contraindre.

Au fond de son être brûlait un feu qui ne s'éteindrait pas de sitôt, surtout avec Gage ici, un endroit qu'elle considérait jusque-là comme un refuge. Une peur diffuse l'étreignait et lui nouait l'estomac. S'il l'avait amenée ici pour se venger, il n'aurait pas pu imaginer pire châtiment. Même si elle n'était pas encore tout à fait propriétaire, elle lutterait bec et ongles pour conserver ses droits sur sa maison.

Eve inspecta son reflet dans la glace. Les traces à peine visibles de ses vergetures ne l'avaient jamais inquiétée jusque-là. Au contraire, elles lui rappelaient avec quelle force d'âme elle avait traversé les épreuves du passé. Les combats à venir ne devaient pas l'inquiéter. Elle saurait se battre.

Où était Gage ? Probablement en train de rédiger l'annonce officielle de leurs fiançailles ou de préparer un nouveau supplice à lui infliger. Quoi qu'il en soit, elle s'en moquait royalement.

Elle s'enveloppa dans un paréo et se dirigea vers la piscine. Au moment où elle sortait, elle entendit un plouf et s'approcha de la balustrade. Gage nageait avec des mouvements puissants et vigoureux. L'eau miroitante ruisselait sur son dos et ses épaules musclées. Après avoir exécuté un demi-tour parfait, il parcourut une deuxième longueur, puis une autre. Et recommença, encore et encore, inlassablement. Elle le contempla, comme hypnotisée.

Elle se retint pour ne pas le rejoindre. En d'autres circonstances, elle n'aurait pas hésité, se serait glissée dans l'eau en défaisant les jolis petits nœuds de son maillot et se serait pressée contre lui. Mais là, il la repousserait avec un dédain humiliant.

Il ne fallait pas céder à ce désir qui la submergeait parfois. Pourquoi s'attirer des vexations inutiles ? Leur histoire d'amour avait grandi démesurément dans sa mémoire, jusqu'à devenir mythique, mais elle avait conscience que c'en était ridicule. Leurs sentiments n'auraient pas survécu s'ils étaient restés ensemble.

Et puis, que savait-elle de la séduction ? Gage était son premier et unique amant. Après lui, elle avait essayé de faire des rencontres, mais l'idée d'embrasser un autre homme la révulsait. Elle avait donc fini par se résigner. Son corps ne serait jamais attiré que par lui. Malheureusement pour elle, ce n'était pas réciproque. Il la haïssait.

Tournant le dos à la tentation, elle s'installa à l'ombre

sur une chaise longue et se perdit dans la contemplation du ciel d'azur. Quand elle avait trop de soucis, elle trouvait toujours refuge ici, dans cet endroit merveilleux. Elle n'avait jamais eu envie de reprendre l'entreprise familiale, mais son père l'y avait forcée le jour où il avait compris qu'il n'aurait jamais l'héritier mâle tant espéré.

L'horticulture était sa passion. Elle rêvait de s'installer un jour définitivement dans cette propriété pour cultiver les fleurs qu'elle aimait. Gage avait-il une idée derrière la tête ? Elle se demandait non sans inquiétude pourquoi il avait choisi de loger ici avec elle plutôt qu'à Nice.

Il apparut à ses côtés pendant qu'elle réfléchissait, une serviette autour des reins, les cheveux ébouriffés. Des gouttelettes d'eau ruisselaient sur son torse et son ventre. Une chaleur intense envahit Eve. La pointe de ses seins se durcit. Elle espérait seulement que les plis du paréo cachaient ces manifestations importunes.

La silhouette imposante de Gage se découpait contre le ciel. Après l'exercice physique, il avait la respiration haletante. Elle l'imagina nu, étourdi de désir et se penchant pour l'embrasser. Un frisson de plaisir la parcourut et elle resserra les pans du paréo sur son corps.

Il fallait dire quelque chose, au lieu de rester muette, comme si sa vue la fascinait.

— Tu t'es bien baigné ?

— J'ai fait quelques longueurs. Je vois que tu as acheté un bikini.

Il la contempla un instant en s'attardant sur ses jambes, puis scruta longuement son expression. Poussée par le démon et la lueur qui brillait dans ses yeux, elle le provoqua délibérément.

— J'ai jugé plus convenable de me mettre en maillot. Restons sérieux et professionnels, n'est-ce pas ?

— Nous ne sommes guère habillés pour le travail…

— Quel laisser-aller surprenant de ta part ! Je te croyais en train de rédiger un communiqué de presse. La nouvelle de tes fiançailles n'a pas encore été publiée.

Il pencha la tête de côté.

— Tu continues à me surveiller ?

Il n'était pas loin de la vérité. Pendant des années, elle avait suivi dans les journaux tout ce qui le concernait, ses succès comme ses échecs, qui n'étaient d'ailleurs pas très nombreux. Il ne s'affichait pas beaucoup avec les femmes, mais chaque fois qu'elle en voyait une à son bras sur une photo, elle en était malade. Elle avait beau se persuader que leur histoire n'aurait pas duré, elle ne souffrait pas moins de l'avoir perdu.

Non, pas perdu. Trahi et abandonné, parce qu'elle n'avait pas eu le choix. Tel avait été le prix à payer pour preuve de son amour, lui rendre sa liberté, le laisser partir.

— Il vaut mieux connaître l'ennemi et ne pas le perdre de vue, ironisa-t-elle.

Elle croisa les jambes et il suivit son mouvement des yeux.

— Je suis ton ennemi, *mon ange* ?

— À toi de me le dire.

— Tu m'ignores depuis trop longtemps.

— Sur quel terrain sommes-nous ? Business ou plaisir ?

Un silence tomba. Elle frémit en guettant sa réponse.

— Business, bien sûr.

Les épaules d'Eve se voûtèrent insensiblement. Non, elle n'était pas déçue. Soulagée au contraire. Très.

— Pas de répit pour les méchants, dit-elle.

Sauf qu'il avait l'air complètement angélique, avec le soleil qui dessinait un halo autour de sa tête. Gage Caron, le golden boy élu célibataire le plus convoité des Etats-Unis depuis trois années consécutives.

— Pas de répit pour toi, alors, précisa-t-il avec un sourire narquois.

Au mépris de toute prudence, elle se leva et se planta devant cet arrogant personnage, juste pour lui démontrer qu'elle possédait malgré tout le pouvoir de l'affecter un peu.

— On devient ennuyeux, à trop travailler, Gage.

Il écarquilla les yeux de surprise quand elle dénoua son paréo.

— Tu veux t'amuser, *mon ange* ?

Sa belle voix grave lui donnait envie de vendre son âme au diable, au moins pour l'après-midi. Le désir fou qu'elle lut dans son regard lui causa un plaisir intense. En dépit de tout, il n'était ni insensible ni indifférent.

À son tour, Eve le détailla insolemment, des pieds à la tête. La situation l'excitait terriblement.

Elle sourit en observant les poings serrés de Gage, qui luttait visiblement contre une envie irrépressible de la toucher. Pendant un long moment, elle soutint son regard.

— Oh ! *baby*, murmura-t-elle d'un ton le plus sexy possible, en fixant délibérément son sexe érigé, qu'elle devinait sous la serviette.

Elle l'effleura du bout des doigts. Puis elle s'écarta.

— Désolée pour toi, je vais me baigner.

Son soupir de déconvenue la combla d'aise.

4.

Gage luttait contre son désir. Ce matin, il avait eu du mal à émerger après une mauvaise nuit entrecoupée de rêves fous. Eve le hantait sans répit.

La scène de la piscine l'avait humilié. Le contact de ses doigts, électrisant, l'avait jeté dans les affres d'une frustration insupportable. Il était revenu au point de départ, sept ans plus tôt, quand elle lui avait imposé la cruauté d'une rupture aussi incompréhensible que définitive.

Elle jouait avec lui mais ne s'en tirerait pas à si bon compte. Quel toupet, de se pavaner devant lui dans ce bikini affriolant qui dévoilait plus qu'il ne masquait son corps sublime… Malgré son trouble, certains détails ne lui avaient pas échappé. La rougeur de ses joues, les pointes de ses seins dressées, autant de signes irréfutables qu'elle éprouvait, elle aussi, du désir.

Qu'arriverait-il s'il la prenait dans ses bras et pillait sa bouche si appétissante ? Il la coucherait sur les coussins d'une chaise longue et la caresserait jusqu'à ce qu'elle crie son nom.

Comme autrefois.

Gage passa les doigts dans ses cheveux, avala une gorgée de café brûlant et s'exhorta à la raison. Ce n'était ni le lieu ni le moment de s'adonner à ce genre de pensées. Il devait garder la tête froide pour discuter de l'avenir de Knight Enterprises. Il fallait se débarrasser de tous les actifs toxiques et conserver seulement ce qui pouvait être utile à Caron. Eve apprendrait vite qu'on ne se moquait pas de lui impunément.

— Bonjour.

Eve entra dans la cuisine, la tête haute, prit une brioche dans une corbeille et se servit un café.

Noir. Avec un sucre. Il n'avait pas oublié.

Puis elle s'assit à côté de lui. Elle s'était habillée élégamment, d'un pantalon noir assorti d'un joli chemisier blanc, et avait noué ses cheveux en chignon. L'allure très professionnelle, prête à se battre, elle n'avait plus rien de la princesse gâtée qu'il avait connue autrefois. En apercevant sa bague de fiançailles qui brillait de mille feux, Gage éprouva une émotion bizarre.

Elle est mienne.

Après tout ce qui était arrivé, c'était absurde.

— Tu n'es pas obligée de la porter tout le temps, dit-il en la montrant d'un coup de menton. Juste en public, quand c'est nécessaire.

En privé, cela le gênait.

Eve leva la main dans la lumière et contempla un instant les reflets du soleil sur la pierre précieuse.

— Elle est plus en sécurité à mon doigt. J'aurais peur de la perdre ou de l'oublier quelque part, dans le tiroir de la table de nuit, par exemple.

Gage était content que le bijou lui plaise. Une douce chaleur coula dans ses veines.

Oui. Elle est à moi.

Il ignora cette maudite voix intérieure qui lui soufflait des inepties. Eve n'avait jamais été à lui et ne le serait jamais. On ne le tromperait plus. Il n'était plus ce jeune homme plein d'espoir, qu'un amour fou avait rendu stupide. Dieu merci, cette époque était révolue.

— Ton bain était comment, hier ?

Elle but une gorgée de café et son gloss laissa une trace rose sur sa tasse. Il se demanda fugitivement si ses lèvres auraient un goût de fraise.

— Tonique. Et toi, tu as bien dormi ?

Le souvenir de ses rêves érotiques lui fouetta le sang. Non, il n'avait pas bien dormi du tout.

— Parfaitement. Toi aussi ?

— Pour être tout à fait honnête, pas vraiment. Jusqu'à ce que… je prenne les choses en main. En cas d'insomnie, c'est radical. Tu devrais essayer, si cela t'arrive.

La bouche sèche, il l'imagina nue dans son lit, en train de penser à lui et… Il s'interdit vigoureusement d'aller plus loin.

— Essayer quoi ?

Elle lui adressa un sourire malicieux.

— Du lait chaud avec du miel et un trait de bourbon. Cela marche toujours pour moi.

Elle le tournait ouvertement en ridicule. C'en était trop. Il devait recouvrer son self-control et en finir une bonne fois pour toutes avec elle. La victoire serait encore plus jouissive s'il arrivait à renverser la situation et à lui faire subir ce qu'il avait enduré. Avec son expérience, il savait maintenant jouer de sa séduction pour exacerber un désir qu'il n'avait nulle intention de combler.

Cela viendrait, en temps voulu. Il triompherait lorsque Eve capitulerait. Son plaisir serait total.

Pour l'instant, il avait d'autres problèmes à régler.

Il termina son café et repoussa son assiette.

— Nous avons à parler.

— Oh ! cela semble sérieux, commenta-t-elle avec un soupir exagéré. N'oublie pas pour autant mon conseil. À trop travailler, on devient vite ennuyeux !

Il ouvrit sa tablette et cliqua sur un dossier rempli de feuilles de calcul.

— Pour ce qui concerne le secteur français de Knight, je peux t'envoyer…

— J'ai déjà tout ce qu'il me faut, dit-elle en allumant sa propre tablette. Mais j'ai besoin de prendre des forces avant d'entamer cette discussion.

Elle beurra un petit pain, étala de la confiture et mordit dedans avec gourmandise.

— Vas-y, je t'écoute, reprit-elle en touchant l'écran.

Il essaya d'ignorer sa désinvolture, un nouveau piège dans lequel il ne tomberait pas.

— Le bilan n'est pas aussi mauvais que pour la branche américaine, mais il y a quelques zones d'inquiétude.

Eve lui jeta un regard assassin.

— La situation est beaucoup plus satisfaisante que tu le prétends. Nous faisons des bénéfices.

— Vous pourriez en faire davantage.

Il étudia les chiffres un instant.

— Il faut vendre le vignoble.

Il s'attendait à une protestation, mais elle acquiesça.

— D'accord. Ensuite ?

Gage se méfiait toujours de la facilité.

— Tu ne me demandes pas pourquoi ?

Un sourire ironique dansa sur les lèvres d'Eve.

— Tu es mon fiancé, *baby*. Je veux te faire plaisir. Tu n'es pas content ?

Il détestait qu'elle l'appelle *baby*.

— Tu ne prends pas les choses au sérieux ?

— Mais si.

— Alors, prouve-le.

— Tu as ma vie et mon entreprise entre tes mains. Je n'ai pas vraiment mon mot à dire. Cela changerait quelque chose si je donnais mon avis ?

— Peut-être. Je ne suis pas un ogre.

— Je te rappellerai tes propos à l'occasion.

Elle mastiqua lentement une autre bouchée et l'avala avec du café.

— Tes raisons pour vendre le vignoble sont doubles, reprit-elle tranquillement. D'abord, c'était une idée de mon père, une vraie folie. Deuxièmement, tu souhaites le vendre à Greta Bonitz, qui veut justement en acheter un.

Gage s'appuya contre le dossier de sa chaise. Sa clairvoyance au sujet de son père le surprenait. Quant au reste…

— Comment es-tu au courant, pour Greta Bonitz ?

— J'ai effectué quelques recherches quand tu m'as parlé d'elle. Dans un article datant de l'année dernière, elle évoquait sa lune de miel en Provence. Son mari et elle avaient visité des chais dans une propriété viticole et elle se remémorait ce voyage avec émotion.

Eve termina son petit déjeuner.

— Et alors ?

— Eh bien, étant donné son veuvage récent, elle se raccroche certainement à ses souvenirs les plus heureux, avec l'espoir de les raviver dans le décor qui les a vus naître.

Elle regarda par la fenêtre et contempla rêveusement le paysage tout en jouant avec sa bague.

Dans le silence qui suivit, Gage eut l'impression d'un non-dit embarrassant. Quand Eve se leva pour remplir sa tasse, il la suivit des yeux en fixant sa taille fine, qu'il se plaisait autrefois à enserrer entre ses mains. Son pouls s'accéléra traîtreusement.

— J'ai raison ou pas ? demanda-t-elle en revenant à sa place.

— Étonnamment, oui. Tu es très perspicace.

Elle posa les paumes à plat sur la table.

— Cela n'a rien de surprenant. Je ne sais pas si tu te rends compte des difficultés que j'ai dû surmonter quand on m'a confié la direction d'une entreprise sans aucune formation.

— J'ai moi-même endossé très tôt des responsabilités à la tête de Caron Investments.

— Tu avais ton père pour te conseiller. Je n'avais personne. Ma licence de gestion à la Sorbonne ne comptait pas lourd en face de la punition qu'on m'infligeait. On m'a envoyée à l'étranger pour me donner une leçon, avec la certitude que j'échouerais. Il m'a fallu batailler quotidiennement pour m'imposer en face d'un conseil d'administration hostile.

Avec son expression farouche et ses yeux bleus durs comme des diamants, elle n'avait plus rien de la douce princesse fragile d'autrefois. Elle fascinait Gage.

— Je m'étais interdit d'échouer. Et j'ai tenu bon. Donc, quel que soit le mauvais coup que tu me réserves, je suis prête à encaisser.

Sa voix avait le tranchant d'un poignard. Gage considéra sur son écran la liste des changements qu'il voulait faire, puis porta de nouveau le regard sur elle.

Quand elle essuya un reste de confiture dans son assiette du bout du doigt et le lécha, il fut brusquement assailli par un flot de réminiscences. La gorge sèche, il la revit à genoux devant lui. À l'époque, ils découvraient ingénument le plaisir et la sensualité. Depuis, il avait acquis beaucoup d'expérience et saurait s'en servir contre elle. Cette perspective l'enflamma rageusement.

— La propriété où nous sommes. Cette ferme horticole…

Eve adorait les plantes depuis toujours. Enfant, elle passait des heures avec le jardinier. Au temps où ils s'aimaient, quand ils évoquaient leur avenir, elle imaginait leur maison au milieu des champs, sous un climat chaud, pour cultiver des roses. Elle avait fini par réaliser son rêve. Sans lui.

Elle se raidit.

— Non. Elle m'appartient. Je l'ai achetée avec mon argent.

— Celui que tu as reçu pour tes vingt et un ans, *mon ange* ?

— J'étais libre de le dépenser à ma guise et je me suis fait plaisir, pour une fois.

Comme si lui n'avait pas suffi à son bonheur… Elle l'avait trahi pour de l'argent et paierait les conséquences.

— Tu n'es pas encore entièrement propriétaire. Tu as emprunté à Knight, qui a maintenant besoin du remboursement de ce prêt. C'était un projet personnel qui flattait ton amour-propre, comme la vigne pour ton père.

— C'est une affaire rentable et je m'acquitte ponctuellement des mensualités, avec un intérêt substantiel. L'amour-propre n'a rien à voir là-dedans.

Elle serra les poings sur la nappe. L'impétuosité qui montait en elle attirait Gage comme un aimant. Il avait envie de la serrer contre lui. La passion les consumerait, tous les deux.

Mais il ne retomberait pas dans le piège que représentait Eve Chevalier.

Croisant simplement les bras, il se prépara à l'affrontement.

Elle se leva et commença à faire les cent pas, animée d'une énergie farouche. Dans ces moments-là, son accent revenait, un curieux mélange de belle du Sud et d'ingénue française, avec des intonations exotiques qu'il trouvait délicieusement érotiques.

— Tu ne cherches qu'à te venger. Tu te moques éperdument que la ferme soit rentable, tu veux juste me punir. C'est vil et bas.

Elle se retourna, les yeux brillants. Allait-elle se mettre à pleurer ? Un poids comprima le cœur de Gage.

— S'il y a quelqu'un ici qui ressemble à mon père, c'est toi ! s'écria-t-elle.

— Certainement pas ! Je n'ai rien à voir avec lui.

Il refusait toute comparaison avec cet individu.

— Tu crois ? répliqua-t-elle avec un rire amer. Tu agis par pure méchanceté, en m'enlevant ce qui m'est le plus cher.

Il grinça des dents. Il valait tout de même mieux que Hugo Chevalier ! Il l'avait amplement prouvé. Il gagnait toujours, sur tous les plans.

Eve semblait vraiment bouleversée, au bord des larmes. Ses propos révélaient de curieuses incohérences. Sa famille lui avait tout donné, l'argent, la sécurité, la direction de l'entreprise en France. Pourquoi parlait-elle d'un exil forcé, d'une punition ?

— Ton père t'a enlevé quelque chose, Eve ? Quoi ?

Une vive émotion traversa son visage, mais si fugacement qu'il crut s'être trompé. Elle se dirigea vers une des portes-fenêtres et écarta les rideaux pour contempler la vue.

— Cela n'a plus d'importance. C'est cet endroit qui compte pour moi, maintenant.

Elle se mordit la lèvre avant de poursuivre.

— Je ne veux plus ressasser le passé, je veux regarder vers l'avenir. Si tu exiges un remboursement de ce prêt, j'ai besoin d'un peu de temps pour chercher un financement.

Le message était clair. Elle avait définitivement tourné la page et il appartenait à un passé révolu. Néanmoins, quelque chose intriguait Gage, sans qu'il parvienne à comprendre quoi exactement. Certains éléments ne collaient pas entre eux. Tôt ou tard, il tirerait cela au clair.

— Et si je te prêtais cet argent ? Personnellement.

Pourquoi faisait-il cette proposition ? Il n'en savait rien lui-même. Il se laissait peut-être attendrir. Après tout, si l'affaire marchait bien…

Elle lui jeta un regard méfiant, comme si c'était forcément un piège, une ruse machiavélique. Il en fut vexé.

— Parle-moi de tes fleurs, dit-il.

Même si la chance était infime, il fallait la saisir.

Eve avait passé une partie de la nuit à travailler sur un projet qu'elle avait ébauché dans la voiture, quand Gage lui avait annoncé leur destination. C'était son seul espoir de sauver le fruit de son travail et de ses rêves.

Elle revint vers la table et tourna sa tablette vers lui.

— Tout est là. Prouve-moi qu'il s'agit de business et de rien d'autre.

Gage prit connaissance du dossier. Ce n'était qu'un brouillon qu'elle n'avait pas eu le temps de peaufiner, mais s'il était honnête, il conviendrait de ses mérites.

Il lut attentivement le document jusqu'au bout, sans rien manifester. Ses mains fascinaient Eve, avec leurs doigts fermes et sûrs qui glissaient sur l'écran, comme autrefois sur sa peau… Elle s'assit, la gorge serrée.

Il scruta son visage en plissant les yeux, comme s'il cherchait à lire en elle, tout au fond.

— Quand as-tu rédigé cela ?

— Cette nuit. J'avais du mal à m'endormir.

Le monde se figea. Même les oiseaux, dehors, s'étaient tus, et la brise était tombée. Eve retint son souffle.

— Bravo.

Le compliment lui fit l'effet d'une caresse, comme le premier rayon de soleil du matin sur la peau. Personne ne l'avait jamais remerciée pour ses efforts ou ses réussites. Souvent, au contraire, on la rabaissait en la traitant de fille à papa. Personne ne connaissait le prix qu'elle avait payé pour la position qu'elle occupait. Elle avait fourni un travail considérable et sacrifié quelques années de sa vie.

— Mais…

Elle aurait dû s'en douter. Il y avait un *mais*.

— Tu ne me dis pas tout, n'est-ce pas ?

Elle avait oublié que Gage possédait un instinct infaillible. Il était capable de percer les secrets les mieux cachés.

Mais elle garderait jalousement les siens. Son fardeau lui appartenait. Elle ne le partagerait jamais avec lui.

— Qu'est-ce qui te fait dire cela ?

— Tu mets beaucoup de passion dans cette histoire.

Il planta son regard dans le sien et elle sentit une douce chaleur se répandre dans son corps. L'atmosphère se chargea d'électricité, comme si tout pouvait arriver. En même temps, il ne se passerait rien. Eve avait depuis longtemps renoncé à ses rêves d'amour pour les remplacer par d'autres plaisirs, infimes mais accessibles au quotidien. Le parfum d'une rose, la fraîcheur de la brise sur sa peau, la saveur d'un mets délicat… Et pourtant…

Elle aurait volontiers succombé à tant d'autres tentations ! Les bras de Gage, bronzés, couverts de poils blonds, ses larges épaules musclées sous le T-shirt l'attiraient comme un aimant, avec la même force qu'autrefois. Ce serait si facile de se laisser aller, de se lover contre lui et de poser les lèvres au creux de son cou, là où son pouls battait…

Au prix d'un immense effort, elle recouvra son sang-froid. Ces folles pensées ne la mèneraient nulle part.

— Nous avons cultivé une nouvelle espèce de rose, dont l'essence possède des notes très particulières. Nous avons invité les plus grands parfumeurs à donner leur avis.

Elle s'interrompit pour ménager ses effets. Fière de sa réussite, elle espérait intéresser Gage, toucher une corde sensible.

Il se contenta de hausser un sourcil interrogateur, et elle poursuivit.

— Ils ont tous surenchéri pour avoir l'exclusivité. Les négociations sont toujours en cours. Il y a de grosses sommes en jeu. C'est très…

— Excitant, conclut Gage à sa place. Et une belle réussite.

L'aboutissement du rêve qui avait supplanté Gage dans son cœur…

Eve rosit de fierté. Le moment était venu de risquer le tout pour le tout.

— Qu'en penses-tu ? demanda-t-elle d'une voix un peu trop impatiente.

Il eut un rictus suffisant.

— Je ne suis pas buté. Si une entreprise est bénéficiaire, je la garde. Tant que le bilan reste positif.

Eve sourit de bonheur et de soulagement, sans pouvoir s'en empêcher. En affaires, elle avait appris à cacher ses émotions, mais la victoire qu'elle venait de remporter la comblait de joie. Elle s'approcha de Gage. Ses beaux yeux bleus, aussi purs qu'un ciel d'été, avaient gardé le pouvoir de la bouleverser. Devant lui, elle réagissait toujours comme une adolescente trop émotive.

— Merci, dit-elle simplement.

Sa tension l'avait quittée, remplacée par une sensation inaccoutumée, totalement oubliée. Son cœur battait la chamade et une légèreté délicieuse lui tournait la tête. Sans réfléchir, elle se pencha pour embrasser Gage sur la joue, d'une manière tout à fait platonique, en l'effleurant à peine.

Mais son odeur épicée la chavira. Elle s'attarda juste un peu trop longtemps.

— Tout le plaisir est pour moi, répliqua-t-il de cette voix grave qui lui donnait la chair de poule. Mais ce n'est guère une façon d'embrasser son fiancé.

Sa remarque, qui aurait dû l'inquiéter, lui insuffla au contraire une hardiesse inattendue.

— Que veux-tu dire ?

— Nous rencontrons Greta Bonitz ce soir. Elle ne sera pas convaincue si tu te comportes ainsi.

— Tu n'as plus confiance dans mes talents de comédienne ?

— Il est temps de me donner des preuves, murmura-t-il en lui tendant la main.

Elle aurait dû reculer, mais l'envie de le toucher fut la plus forte. D'ailleurs, il avait raison. En public, il faudrait donner le change. Pourquoi ne pas conclure une trêve ?

Il caressa doucement ses doigts avec son pouce. Elle ne souhaitait rien d'autre que s'abandonner à la sensation et fermer les paupières.

— Tu as peur, Eve ?

C'était le jeu auquel ils s'amusaient dans leur enfance, quand ils se retrouvaient au fond du jardin pour se voir à travers la vigne vierge qui cachait le trou dans le mur. Qu'il s'agisse de grimper en haut d'un arbre ou d'attraper une couleuvre, elle relevait toujours le défi.

Elle plongea les yeux dans les siens, si profonds qu'elle aurait pu s'y noyer.

— Tu ne me fais pas peur, Gage Caron.

Les pupilles de Gage se dilatèrent. Elle conservait un certain pouvoir… Il pouvait la détruire en lui enlevant sa ferme, mais elle le tenait aussi, par le désir. Saurait-elle se servir de cette arme ?

Quand il l'attira vers lui avec un sourire triomphant, elle ne résista pas, mais sa gorge se contracta visiblement.

— Tu n'as toujours pas peur du grand méchant loup, *mon ange* ?

5.

Malgré le désir fou qui l'étreignait, Eve devait prendre ses jambes à son cou… Clouée au sol, incapable de bouger, elle attendit l'explosion de l'orage sans pouvoir s'y soustraire.

Sa détermination était sérieusement mise à l'épreuve. Mais si Gage croyait l'impressionner, il se trompait. Elle ne capitulerait plus devant personne. Plus jamais.

— Je ne suis pas le Petit Chaperon rouge, *baby*, dit-elle d'une voix altérée qui sonna étrangement à ses oreilles.

— Qui, alors ?

Elle posa une main en coupe sur sa joue rasée de frais et se pencha tout près de sa bouche, jusqu'à respirer son haleine.

— La bûcheronne, répliqua-t-elle malicieusement.

Son contact la surprit. Comment l'homme qu'il était devenu, dur, impitoyable, pouvait-il lui sembler si doux ? Il était encore temps de tout arrêter. Dédaignant la misc en garde de sa conscience, elle prit son visage entre les paumes et entrouvrit les lèvres, en même temps que lui.

Gage glissa un bras autour de sa taille, leurs langues se mêlèrent et elle fondit de bonheur. Tant de merveilleux souvenirs remontaient à la surface ! En ce temps-là, l'adoration qu'ils se portaient semblait éternelle. Elle s'agrippa à sa nuque pendant qu'il ôtait les épingles de ses cheveux pour les ébouriffer.

Leurs bouches se cherchèrent avec une voracité désespérée. Quand Gage la hissa sur ses genoux, elle se pressa avidement contre lui.

Des années de rêves et de désirs inassouvis se bousculèrent. Peu importait ce que Gage pensait, il n'y avait jamais eu que lui dans sa vie. Après s'être abandonnée à lui, elle n'aurait pas permis qu'un autre la touche. Surtout après avoir porté leur bébé. La douleur du deuil était encore vive, mais lui seul pouvait la guérir.

Comme mues par une volonté propre, ses mains explorèrent le torse et les épaules de Gage, comme pour les réapprendre. Elle les connaissait par cœur, autrefois. Elle déboutonna sa chemise avec des doigts tremblants pour caresser sa peau. En même temps, à califourchon sur lui, elle se balançait sur ses cuisses en sentant à chaque mouvement le renflement de son sexe érigé.

Il referma une paume sur son sein et elle poussa un gémissement qui retentit comme une invitation éperdue. Leurs corps se retrouvaient, dans une harmonie et un élan parfaits. Le bruit de leur respiration emplissait tout l'espace.

Gage baissa la fermeture Éclair du pantalon d'Eve et glissa les doigts dans l'ouverture.

— Plus fort, supplia-t-elle.

Elle brûlait intérieurement et avait envie de déchirer ses vêtements qui la gênaient et lui irritaient la peau. Gage insinua le pouce sous sa petite culotte, cherchant le bouton de son clitoris. Son orgasme explosa quelques minutes plus tard et elle poussa des cris de plaisir tandis qu'il continuait à la caresser, encore et encore.

Les spasmes finirent par s'espacer et elle s'affaissa sur Gage, qui se leva en la saisissant par la taille. Elle eut juste assez de force pour nouer les jambes autour de ses reins. Fébrilement, il lui enleva son chemisier et tira sur les bretelles de son soutien-gorge pour libérer ses seins qu'il embrassa à pleine bouche. Bientôt, elle se tordit à nouveau de désir. L'exquise torture qu'il lui infligeait devenait intolérable. Tout son être réclamait l'assouvissement, total.

Après l'avoir débarrassée de son pantalon, Gage la positionna contre le bord de la table. Elle entendit vaguement qu'il défaisait la boucle de sa ceinture. Impatiente de connaître la plénitude, elle souhaitait en même temps que cet instant ne finisse jamais.

Elle tendit les mains pour le caresser. Quelle volupté ! Elle exultait de retrouver les gestes qu'il aimait et qui lui donnaient du plaisir. Tandis qu'il l'embrassait dans le cou et lui mordillait l'oreille, elle se sentit inondée par une chaleur intense. Son ventre se creusait pour le réclamer. Ils émettaient des sons gutturaux, presque animaux.

Gage emprisonna les poignets d'Eve qu'il leva au-dessus de sa tête et elle s'arc-bouta pour offrir davantage sa poitrine au doux supplice de ses baisers fous. En même temps, il explorait son sexe avec une fougue impatiente.

— Rien d'autre n'a d'importance, grommela Gage. Je me moque de tout le reste.

Il ne s'adressait pas à elle, mais parlait pour lui-même, comme pour se donner la permission de prendre ce dont il avait envie. Quand il recommença à l'embrasser, elle se mit à trembler violemment. Il approfondit ses caresses. Puis, ce fut elle qui le guida. Elle chercha son membre pour l'attirer en elle et il la pénétra d'un coup, avec une sorte de rugissement.

Cela faisait si longtemps... Elle n'avait pas mal, mais avait besoin de s'habituer à des sensations oubliées. Elle s'immobilisa et lui aussi.

— Mon ange ?

Il ne l'avait jamais appelée Eve dans leurs moments d'intimité.

— Attends un peu, chuchota-t-elle.

Elle chercha le contact de sa bouche, pour ne plus avoir

à penser à cette invasion de son être et de son âme. Elle l'embrassa très délicatement et il répondit avec une extrême délicatesse, se retirant même de crainte de la blesser. Ces égards la bouleversèrent.

— Prends-moi, implora-t-elle.

Il s'enfonça de nouveau et bougea en elle, très lentement. Il la rendait folle. Saisissant une mèche de cheveux qu'il enroula autour de son poignet, il lui tira la tête en arrière, exposant la blancheur de sa gorge. Elle arqua les reins pour s'exposer davantage et offrir ses seins à ses tourments délicieux. Elle aurait probablement des marques et des meurtrissures... Elle avait l'impression d'être tout en haut d'une falaise, au bord d'un précipice qu'une lumière aveuglante l'empêchait de distinguer clairement.

Elle en voulait à Gage de cette lenteur qui exaspérait ses sens et brisait toutes ses résistances. Les cicatrices qu'elle croyait guéries depuis des années se creusaient de nouveau. Elle se mit soudain à le supplier et à murmurer des paroles inintelligibles, sans plus se soucier d'orgueil et de dignité. Alors seulement, Gage consentit à s'oublier lui aussi, dans un relâchement incontrôlé.

Elle jouit en criant son nom et il la suivit avec un rugissement de plaisir qui la transporta d'une joie ineffable.

Ils restèrent étroitement enlacés pendant plusieurs secondes, à retrouver leur respiration dans l'air saturé d'odeurs de sel, de musc et de sexe. La tête appuyée contre le torse de Gage, Eve ferma les paupières en écoutant les battements de son cœur. Qu'avait-elle fait ? Autant elle était capable de composer avec la haine de Gage, autant il lui était impossible de supporter la douceur, la gentillesse ou la passion. Il finirait par la détruire. Elle avait eu trop de mal à se remettre, la première fois. Pourquoi avait-elle commis une erreur irréparable ? Comme si elle se croyait immunisée contre le feu de leur passion.

Eve tendit la main vers son chemisier et repoussa Gage.

— Écarte-toi.

Il obtempéra à demi, l'air confus et les cheveux en bataille, pendant qu'elle se rhabillait en hâte. Il fallait prendre des distances, vite, et réfléchir pour recouvrer son self-control.

— Eve ?

Les larmes aux yeux, elle secoua la tête quand il voulut la prendre dans ses bras et s'échappa en courant jusqu'à sa chambre. Là, elle claqua la porte et tourna la clé dans la serrure, avant de se diriger en titubant vers le lit.

Son corps ne voulait pas entendre ce que la voix de sa conscience lui disait, que cela n'aurait jamais dû arriver. Elle savait qu'elle ne risquait rien. Ils avaient fait l'amour sans protection, mais elle ne tomberait pas enceinte. Elle avait un implant contraceptif.

Son corps réclamait davantage… Contre toute prudence. Son esprit lui soufflait des pensées perverses. Si son père ne se remettait pas, le secret de Gage serait sauf. Elle lui donnerait une deuxième chance. En même temps, ce serait pure folie. Car les secrets possédaient un terrible pouvoir de destruction…

Et si Gage avait envie de tout recommencer, lui aussi ? De repartir de zéro ? Elle frissonna comme si elle avait plongé dans un bain d'eau glacée. Même si c'était son désir le plus cher au monde, elle n'y céderait pas. Le non-dit finirait par détruire la famille Caron. Il demeurerait toujours entre Gage et elle une méfiance qui pourrirait leur relation de l'intérieur.

Eve inspira profondément. Elle devait reconstruire solidement ses défenses, se protéger, retrouver la froideur qui était devenue son armure et comme une seconde nature.

On frappa à sa porte.

Impérieusement.

Le moment était venu de se montrer la plus cruelle possible. Paradoxalement, il s'agissait surtout de préserver Gage, dont l'univers tout entier reposait sur un mensonge. Il devait continuer à ignorer la vérité sur sa naissance.

Pas de réponse.

Gage, qui s'était précipité à la suite d'Eve, acheva de remettre de l'ordre dans sa tenue. Comment un simple baiser avait-il mené à cette situation ? Encore tout étourdi, il s'en voulait de s'être laissé emporter par ses pulsions. Lui qui n'avait jamais fait de mal à une femme avait l'impression d'avoir été brutal. Eve avait littéralement pris la fuite…

C'était difficile de se ressaisir quand tous ses sens exultaient. Un élan déraisonnable leur avait fait perdre la tête. L'odeur d'Eve lui collait encore à la peau, enivrante comme un parfum de rose de mai.

Le souvenir de ses baisers fous le transportait loin en arrière, quand la vie était parfaite et que la certitude de l'avenir leur souriait. Il n'avait pas ressenti depuis longtemps une telle émotion. Eve non plus, il en était sûr. Elle aussi s'était laissé emporter par le maelström. Alors, pourquoi s'était-elle enfuie ?

Gage tourna la poignée, mais la porte était fermée à clé. Son cœur bondit. Tant de rumeurs avaient circulé sur sa prétendue brutalité avec Eve qu'il doutait presque de lui. Cela le ramenait à l'époque de la rupture, quand il avait pris conscience d'avoir été berné. Avait-il recommencé la même erreur aujourd'hui ? Il passa nerveusement les doigts dans ses cheveux. Non.

« Plus fort… » « Prends-moi. »

Il entendait encore ses accents implorants. Elle avait

joui deux fois. Malgré tout, quelque chose n'allait pas, et il ne s'en irait pas avant d'avoir découvert quoi. Il frappa de nouveau, plus fort.

— Eve !

Que faisait-elle ? Il se sentait complètement idiot. Il tendit l'oreille, sans parvenir à identifier les sons étouffés qui lui parvenaient. Des sanglots… ?

— Eve… Ouvre-moi !

Il tambourina comme un fou sur la porte et elle finit par répondre.

Elle s'était changée et recoiffée. Plus un cheveu ne dépassait. Elle avait l'air froide, impeccable et inaccessible, comme le jour où ils s'étaient revus.

— Arrête cela, *baby*, maugréa-t-elle.

Il détestait ce maudit surnom, qu'elle n'utilisait que pour le provoquer, comme en ce moment. Sous les apparences glaciales, il devinait des émotions mal dissimulées. Son mascara avait coulé et ses pommettes roses la trahissaient.

— Nous devons parler, commença-t-il.

Une ombre craintive passa dans son regard, mais elle garda les lèvres sévèrement pincées. Puis elle poussa un soupir théâtral.

— Je n'ai pas de maladie contagieuse et je suis sous contraception. Si tu n'as rien à ajouter, tout est dit.

Il aurait peut-être dû repartir. Il n'allait pas la harceler. Elle l'avait déjà humilié autrefois. Cela n'arriverait plus. Néanmoins, il craignait de lui avoir fait mal et tenait à se rassurer, juste pour sa tranquillité d'esprit.

— Rien à craindre non plus de mon côté, répondit-il.

Son célibat durait depuis si longtemps que c'en était ridicule. Sa traque de Knight Enterprises l'avait accaparé tout entier. C'était du moins ce qu'il se disait. En réalité, depuis que son plan se concrétisait, Eve l'obsédait. Les autres femmes le laissaient froid, ce qui exacerbait à la fois sa frustration et son désir de vengeance.

Il insista.

— Je veux discuter avec toi, mais pas dans le couloir.

Elle s'écarta avec raideur et lui fit signe d'entrer. En apercevant le grand lit, il n'eut plus qu'une envie, l'étendre sur les coussins moelleux et abattre le rempart derrière lequel elle s'abritait.

— C'était juste *sexuel*, Gage.

Elle accentua le mot avec mépris, comme s'ils avaient fait quelque chose de répréhensible.

Mais il n'y avait pas de quoi avoir honte. Au contraire. Il était presque choqué de trouver cela naturel, comme s'ils n'avaient jamais été séparés.

— Et si cela doit apaiser ton ego, ajouta-t-elle, c'était même agréable.

— Seulement agréable ? ironisa-t-il. Tu as joui deux fois, je te rappelle.

— Je sors d'une période d'abstinence… Et je ne savais pas que nous comptions les points. Je te suis redevable ?

Son ironie mordante le piqua au vif.

— Ne sois pas ridicule.

Elle haussa les épaules.

— C'est moi qui t'ai embrassé la première. Je peux faire ce que je veux de toi. Comme avant.

Il eut l'impression de recevoir un coup de poing à l'estomac. S'était-elle encore servie de lui ? La brûlure, à l'intérieur, se transforma en rage. Il serra violemment les dents et lui jeta un regard assassin. Comment avait-il pu se laisser abuser une nouvelle fois ? Son expression triomphante l'exaspérait. Elle n'avait pas toujours été aussi froide et distante. Quel changement…

Tandis qu'il s'obligeait à respirer lentement pour calmer sa colère, un détail attira son attention. Eve n'osait pas le regarder dans les yeux et fixait obstinément un bouton de sa chemise. Manifestement, elle jouait un rôle de composition.

Il repensa à ses soupirs, ses supplications, et son abandon, après le cataclysme. Elle avait crié son nom. Si elle avait pris la fuite... Il hésita.

Elle a peur.

De lui...

Non, d'autre chose. Mais de quoi ? Elle le repoussait, toutes griffes dehors, pour remettre de la distance entre eux. Elle voulait se disputer, le mettre en colère. Mais il ne mordrait pas à l'hameçon. Il serait plus habile.

— Je suis désolé. J'ai eu tort de ne pas prendre de précautions. C'était irresponsable. Si tu veux, je passerai un test, pour te rassurer.

— Non, je te fais confiance.

Elle se détendit visiblement. Il réagissait comme il fallait, même s'il ne comprenait pas les règles du jeu. Mais elle se raidit de nouveau, comme si elle redoutait de redevenir vulnérable.

— Mais tu restes un homme ! Vous êtes tous les mêmes. Il n'y a qu'une chose qui vous intéresse.

Il encaissa le coup, en s'efforçant d'ignorer un élan possessif injustifié. Il n'avait aucun droit sur elle.

— Tu me remets à ma place ?

Elle redressa fièrement la tête.

— Tu l'as cherché.

Il rit. À présent, il *savait* qu'elle mentait.

— Tu n'étais pas aussi sûre de toi, tout à l'heure, quand tu me suppliais.

Le regard d'Eve alla de Gage au lit et elle fit un pas de côté, comme si elle redoutait de céder à la tentation.

— Eve, cesse ce petit jeu. Je ne suis pas dupe.

Il baissa la voix.

— Rassure-moi sur un point. J'ai peur de t'avoir fait mal, tout à l'heure. Si c'est le cas, je m'en excuse.

Elle se tourna vers la fenêtre et passa les doigts sur ses joues. Pleurait-elle ? Il s'approcha. Il n'avait jamais supporté ses larmes et avait envie de la serrer contre lui pour la consoler.

Elle referma les bras sur elle-même avec un petit rire d'autodérision.

— Non, ne t'inquiète pas. C'est juste que… cela fait longtemps.

— Combien de temps ? demanda-t-il sans pouvoir s'en empêcher.

— Assez longtemps.

Elle secoua la tête tristement.

— Cela ne te regarde pas, de toute façon.

Elle fixa de nouveau le lit, avec tant de nostalgie qu'il en fut interdit. Puis il reconnut les pulsations d'un désir lancinant. Avant, il ne lui aurait pas concédé une once de pouvoir sur lui. Maintenant, il s'en moquait. Un sourire éclaira son visage.

— Je suis là, si tu veux rattraper le temps perdu.

— J'ai toujours refusé de mélanger les affaires et le plaisir. Je n'ai pas besoin de toi pour m'amuser.

— Avec ma bague à ton doigt, tu n'es pas libre de tes mouvements. De toute manière, c'est moi que tu veux.

Elle retira le bijou qu'elle déposa ostensiblement sur la coiffeuse.

— Comme tous les hommes, tu te crois spécial et indispensable. Tu ne l'es pas. À présent, va-t'en.

Il devait s'en aller. Sinon, il risquait de lui dire des choses qu'il regretterait ensuite. Malgré son humeur batailleuse, Eve ressemblait en ce moment à la jeune femme sensible qu'il avait connue autrefois.

— Je te laisse réfléchir et démêler les sentiments que tu as pour moi, dit-il en partant.

Qu'était-il arrivé à Eve entre le moment où il l'avait quittée dans le hangar désaffecté et le jour où elle avait rompu ?

Hugo Chevalier était intervenu. Gage était résolu à élucider le mystère. Il avait plusieurs moyens à sa disposition, mais ce serait Eve elle-même qui lui donnerait la clé de l'énigme. Il avait une arme infaillible.

Le désir qu'elle avait pour lui était toujours bien vivace.

6.

Eve prit sa pochette de soirée et se dirigea vers la porte avant de s'immobiliser avec la sensation d'oublier quelque chose. Jetant un regard circulaire, elle aperçut la bague qui scintillait dans la pénombre et revint sur ses pas pour la glisser à son doigt.

Elle n'avait pas mesuré la portée de l'engagement qu'elle avait pris avec Gage, ni les risques qu'il comportait. Elle qui se croyait capable de gérer ses sentiments avait largement sous-estimé les dangers encourus. Non seulement elle souffrait de désirer un homme à jamais inaccessible, mais elle était obligée de lui infliger une cruauté qui l'attristait et lui faisait honte.

La situation n'avait cependant rien de comparable avec celle qu'avait connue l'ingénue amoureuse de vingt ans. Quand son père l'avait retrouvée dans cet hôtel minable, elle mourait de peur et de fatigue. Pendant les semaines horribles qui avaient suivi, elle aurait accepté n'importe quoi pour protéger Gage. De toute façon, elle n'avait pas le choix et son absence lui facilitait la tâche, même si elle passait ses nuits à pleurer.

Confortée par la perspective d'être bientôt envoyée sur un autre continent, elle avait rassemblé ses forces pour un ultime appel téléphonique, qui avait irrémédiablement transformé en haine l'amour de Gage. Mais rien ne l'avait préparée au rôle épuisant qu'elle jouait actuellement.

Eve lissa sa robe bleue dont la couleur s'accordait merveilleusement à sa bague. Elle épousait étroitement les courbes de sa silhouette et chacun de ses mouvements réveillait sur sa peau les caresses et les baisers de Gage.

Ignorant résolument ces sensations troublantes, elle cligna des paupières pour chasser ses larmes et descendit au rez-de-chaussée.

Quelle erreur monumentale, d'avoir fait l'amour avec Gage… Car il ne s'agissait pas seulement de sexe. Dès que leurs lèvres s'étaient effleurées, elle avait eu l'impression de renaître à la vie. Un soulagement immense l'avait étreinte.

Il serait difficile, maintenant, de le côtoyer dans cette maison et de dormir seule alors qu'il occupait une chambre sur le même palier. Néanmoins, il était hors de question de céder à nouveau. S'il la touchait encore une fois, elle ne pourrait plus se passer de lui. Cela ne menait nulle part.

À l'évidence, il avait du désir pour elle. Leurs corps s'embrasaient dès qu'ils étaient en présence et les corps ne mentaient pas. Ils se mouvaient dans une harmonie parfaite. Elle frissonna et ferma les yeux en se remémorant la délicieuse sensation de l'avoir en elle.

Dorénavant, il faudrait pourtant l'éviter. Elle se redressa fièrement et pénétra dans le salon où Gage l'attendait, debout devant une des portes-fenêtres. La nuit était tombée mais la brise apportait des effluves de rose et de lavande. Il avait posé sa veste sur le dossier d'un fauteuil et sa chemise blanche tendue sur ses épaules accentuait sa large carrure. Autrefois, elle s'était reposée sur lui. À présent, elle était seule.

— La voiture sera bientôt là, dit-il sans se retourner.

Possédait-il lui aussi un sixième sens qui l'avertissait de sa présence ? Cette intuition mystérieuse qu'ils avaient en commun la réconfortait et la désolait tout à la fois. Elle se demandait souvent ce qui serait arrivé si elle avait ignoré les menaces de son père. Seraient-ils toujours ensemble ? Leur bébé… ?

Non. Il était vain de s'abandonner à ce genre de pensées. Elle avait suffisamment souffert et ne devait pas se punir davantage.

Il était si beau, si viril ! Le golden boy de ses rêves…

Il se tourna à demi et leva son verre.

— Tu veux boire quelque chose ?

Un bourbon sec lui donnerait peut-être du courage. Mais elle avait besoin de tous ses esprits pour assurer la réussite du dîner avec Greta Bonitz.

— Non, je ne bois jamais avant une négociation importante. Je fêterai mon succès après.

— Tu as hâte de te débarrasser de moi ?

Son sourire ironique irrita Eve. Il savait à quoi s'en tenir, ce qui l'inquiétait.

— Nous avons tous les deux envie d'aller de l'avant, *baby*.

Son rictus s'accentua.

— Tu es sûre ?

— Absolument.

— Hum.

Il n'insista pas et se contenta de siroter son apéritif en scrutant son expression. Malgré une indifférence affichée, Eve avait l'impression de se consumer sur place.

— Tu es très belle.

Il s'approcha, déposa son verre et tendit la main avec une petite hésitation. Comme elle ne reculait pas, il prit une boucle blonde entre ses doigts.

— Cette coiffure te va bien.

Il parlait sur un ton empreint de nostalgie. Pour Eve, c'était insupportable. Elle préférait sa colère ou son mépris à cette douceur qui lui rappelait le jeune homme de vingt-trois ans qu'elle avait aimé.

— Merci, murmura-t-elle.

Ne s'était-elle pas coiffée ainsi inconsciemment pour lui plaire ?

Gage était magnifiquement séduisant. Par son col de chemise entrouvert, elle apercevait sa peau bronzée. Son pantalon noir accentuait la puissante musculature de ces cuisses qu'elle avait enserrées entre les siennes quelques heures plus tôt. Elle s'empourpra.

— J'aime aussi beaucoup cette bague à ton doigt.

Elle eut un mouvement de recul. Le bijou symbolisait un rapport de possession ambigu. Après s'être donnée à Gage corps et âme autrefois, elle n'avait jamais plus appartenu à un homme.

— Il ne faut pas t'imaginer pour autant avoir des droits sur moi, observa-t-elle dédaigneusement. Je ne serai jamais à toi.

— Tu l'as pourtant été un peu, aujourd'hui. Deux fois.

— Un vrai gentleman ne dirait pas des choses pareilles. Pour ma part, je préfère oublier ce qui s'est passé.

— Pas moi. J'aimerais bien recommencer. Souvent.

Elle s'arrêta de respirer. L'atmosphère devenait horriblement lourde. Elle mourait d'envie de se jeter dans ses bras, de l'embrasser… Mais il ne fallait pas. Cela se terminerait par un désastre.

— Tu te fais des idées, chuchota-t-elle sans conviction.

— Non, je suis réaliste. Le sexe n'est pas le problème, entre nous. Nous sommes adultes. Pourquoi ne pas prendre du bon temps ?

Parce qu'elle serait anéantie quand il la quitterait. Mais la tentation était grande de tout oublier pour sentir sa bouche sur la sienne, ses mains sur son corps, et l'avoir en elle. Se perdre avec lui dans le plaisir des sens. Elle desserra un peu la ceinture de la robe. Elle se sentait oppressée, à l'étroit.

— Ce serait encore mieux la prochaine fois, je te promets, reprit-il.

Une chaleur virile émanait de lui, terriblement attirante. Pourquoi ne pas céder, poser la tête sur son épaule et se serrer contre son torse rassurant ? C'était si dur de résister… Une fois encore, Eve faillit se jeter entre ses bras, un des seuls endroits au monde où elle éprouvait un sentiment de bien-être et de sécurité. Malheureusement, c'était un leurre. Gage était dangereux pour elle. Ce serait une sottise de l'oublier.

Elle croisa son regard bleu, insondable. Ils étaient si proches qu'elle n'avait qu'à se pencher pour l'embrasser. Elle hésita. Elle avait eu tant de mal à ne pas penser à lui, au cours des sept dernières années… Le contenu de sa petite mallette jaune témoignait de son chagrin obsédant.

Une sonnerie retentit soudain. Gage sortit son portable et elle recula en inspirant pour recouvrer son équilibre.

— La voiture est là, dit-il.

Il prit sa veste et se dirigea tranquillement vers la porte, comme si cette conversation n'avait jamais eu lieu. Peut-être ne revêtait-elle aucune importance pour lui. Eve ne représentait qu'un moyen pour arriver à ses fins, c'est-à-dire se venger de Hugo Chevalier.

Eve n'était pas de ces gens qui considéraient le sexe comme une distraction ou un simple besoin à assouvir. Elle ne pourrait pas envisager des relations sexuelles avec Gage sans s'impliquer. La légèreté lui était impossible.

En l'autorisant à la toucher elle avait commis une erreur.

Ils s'installèrent sur la banquette arrière et elle se prépara mentalement pour cette soirée qui s'avérerait décisive pour son avenir. Il était important de bien jouer son rôle. Sa liberté dépendait de son succès. Dès que Gage aurait conclu sa négociation avec Greta Bonitz, leurs fiançailles n'auraient plus lieu d'être et Eve se fondrait dans l'obscurité. Elle se retirerait dans sa ferme pour cultiver ses roses et oublier l'existence de Gage Caron. Malgré tout, l'idée de lui rendre sa bague lui inspirait d'étranges appréhensions.

— Où en sont les tractations avec la société Bonitz ? demanda-t-elle d'un ton neutre.

— Tout près d'aboutir. Le deuil qui a frappé Greta au bout de quarante-sept ans de mariage l'a propulsée à la tête du groupe Bonitz. C'est une excellente femme d'affaires, mais qui ne traite qu'avec des gens répondant à de stricts critères de moralité. De ce point de vue, je n'étais pas un interlocuteur valable jusqu'à présent.

Eve ne posa pas davantage de questions. Gage, qui ne semblait pas disposé à parler, se tourna vers la vitre et elle fit de même, en essayant d'oublier sa proximité troublante. Ils se touchaient presque. Elle aurait pu glisser sa main dans la sienne…

Quand la voiture s'arrêta devant le restaurant, le cœur d'Eve se mit à battre très vite. La bouche sèche, elle n'était plus très sûre de pouvoir jouer la comédie. Mais l'avenir de sa mère et de sa sœur dépendait de l'issue de la soirée. Et le sien aussi, dans une certaine mesure.

— Elle ne risque pas de s'étonner de l'heureuse coïncidence qui me permet d'apparaître à tes côtés ?

— Non.

Il mit pied à terre et l'aida à descendre.

— Donne-moi la main, Eve.

Elle obtempéra, surprise par la douce chaleur qui s'insinuait en elle. Puis elle resta littéralement clouée au sol quand Gage la serra contre lui.

— Tu veux savoir pourquoi elle ne va pas se poser de questions ?

Incapable de parler, Eve secoua la tête. Elle se liquéfia, avec une envie folle d'absorber la force qui exsudait de Gage.

Il se pencha avec un sourire. Leurs lèvres se joignirent et toute pensée cohérente la quitta.

Un baiser d'Eve transportait Gage au paradis et en enfer à la fois. Il aurait presque tout sacrifié pour cela. Dès qu'il l'embrassa, son corps eut un soubresaut qui lui fit oublier où ils étaient. Plus rien ne comptait, que la tiédeur de sa bouche qui s'offrait à lui. Cette soirée lui promettait un des plus grands succès de sa carrière, mais tout à coup cela n'avait plus d'importance. Il aurait volontiers rappelé le chauffeur pour retourner à Grasse. Il aurait emmené Eve dans sa chambre et l'aurait déshabillée pour s'enfouir en elle, encore et encore. Peut-être n'aurait-il même pas attendu d'arriver. Il voulait juste être seul avec elle.

Un déclic, puis des éclairs de flash rompirent le charme. Gage s'écarta.

— Les photographes…, murmura Eve d'une voix rauque.

Devant ses pupilles dilatées et ses joues en feu, Gage eut un sursaut d'orgueil. Elle était folle de désir.

— Oui, ils sont là pour nous. La nouvelle de nos « fiançailles » est tombée aujourd'hui. Les sites de tous les magazines people vont s'arracher les photos. Greta sera forcément convaincue.

Eve s'empourpra.

— N'importe quelle autre femme aurait pu me remplacer.

N'avait-elle pas compris qu'il fallait liquider une fois pour toutes les rumeurs qui avaient sali sa réputation ? On avait raconté qu'il l'avait enlevée, qu'elle avait *peur* de lui.

— Non. Tu sais très bien pourquoi tu es là.

Elle fronça les sourcils.

— Je ne…

— Entrons, la coupa-t-il sèchement. Ne faisons pas attendre Greta.

Eve jouait encore la comédie, comme si elle n'était pas au courant de tous ces bruits qui avaient couru. La rumeur resurgissait comme par enchantement chaque fois qu'il était sur le point de conclure un marché important, pour saper son crédit dans le milieu des affaires.

On les conduisit à la table qu'il avait réservée. Greta était déjà là, élégante et imposante. Elle se leva pour les saluer, mais sans sourire, ce qui augurait mal de la suite. Au moins avait-elle accepté de le rencontrer.

— *Frau* Bonitz.

Il lui serra la main chaleureusement.

— Appelez-moi Greta, je vous en prie.

— Merci. Je vous présente…

— Eve Chevalier, acheva-t-elle à sa place en dirigeant son regard intelligent sur sa compagne. J'ai suivi de près votre carrière. Vous avez considérablement développé Knight Enterprises en Europe, avec beaucoup de compétence et de savoir-faire.

— Venant d'une personnalité aussi influente que vous, le compliment me touche.

— Il faut féliciter les jeunes femmes qui percent dans le milieu des affaires. Elles doivent déployer beaucoup d'efforts et d'énergie dans un milieu souvent masculin et hostile. La plupart des gens ne s'en rendent pas compte.

— Moi, je suis très conscient des mérites d'Eve, intervint Gage. Depuis des années.

Eve tressaillit, mais se détendit quand ils s'assirent. Les deux femmes commencèrent à bavarder pendant que Gage commandait du champagne.

— Le portefeuille Knight est intéressant.

— Oui, Gage et moi sommes en train de réorganiser la stratégie d'ensemble pendant notre séjour en France. Nous avons l'intention de vendre quelques biens, dont le vignoble.

— Hum, nous en reparlerons sans doute.

Après cette entrée en matière, Eve mena très habilement la conversation, se contentant de subtiles allusions à une transaction possible. Grâce à quoi Greta se radoucit et manifesta de meilleures dispositions envers Gage.

— Les félicitations sont de mise, je crois, dit-elle en levant sa flûte.

Eve esquissa un sourire en baissant les yeux sur sa bague.

— En effet. Merci.

— Malgré l'inimitié entre vos deux familles. J'espère que vos parents ont bien accueilli la nouvelle.

— Les miens se sont montrés circonspects, avoua Gage.

Il leur avait rendu visite tout exprès et ils avaient en réalité très mal réagi, contrairement à ce qu'il avait dit à Eve.

« Une fois ne t'a pas suffi, Gage ? L'expérience ne t'a pas servi de leçon ? Je t'avais pourtant prévenu, on ne peut pas faire confiance aux Chevalier. »

Son père et sa mère avaient envie d'un grand mariage et de petits-enfants, mais certainement pas avec Eve. Ils seraient soulagés lorsqu'il romprait. Gage but une gorgée de champagne. Il avait un goût amer. Sa victoire lui paraissait tout à coup dérisoire.

Eve eut un rire forcé.

— Ma famille est très sceptique…

Surpris par sa sincérité, Gage lui prit la main. Un éclair de compréhension les rapprocha.

— Je suis désolée pour vous. La famille tient une grande place dans ma vie. J'ai eu beaucoup de chance, dit Greta. Mes enfants me donnent énormément de satisfactions et je vous souhaite d'en avoir de semblables. Généralement, les journaux sont à l'affût d'histoires d'amour comme la vôtre, mais vous avez bien gardé le secret. Vos fiançailles ont fait l'effet d'un coup de théâtre.

Gage se raidit. La presse à scandale avait autrefois publié des photos où on le voyait menotté, le visage en sang. Il en avait encore honte. Il avait payé les services d'une agence de communication pour nettoyer sa réputation en ligne, mais certaines images demeuraient. On ne pouvait pas tout faire disparaître.

Si Greta nourrissait quelques soupçons, les clichés qui seraient publiés dès le lendemain la rassureraient.

— Vous n'avez pas l'air de quelqu'un qui s'intéresse aux ragots.

— Effectivement. Mais votre histoire est tellement romanesque ! Après ce qui s'est produit autrefois, qu'est-ce qui vous a poussés à vous réconcilier ?

Greta se tourna vers Eve.

— Vous avez passé les sept dernières années en France. Vos chemins n'ont pas dû se croiser souvent.

Eve se pencha pour répondre sur le ton de la confidence.

— Peu de gens sont au courant, mais Knight connaît quelques problèmes de liquidités aux États-Unis. Gage a proposé d'investir.

En même temps, elle posa la main sur son bras.

— Il a surgi à la rescousse, tel un chevalier blanc à l'armure étincelante.

Gage se mit à rire.

— Cette description, mon ange, doit plus à ton imagination qu'à la réalité. Une autre que toi m'aurait traité de prédateur financier.

Elle rit aussi.

— Bon, tu es aussi un peu pirate, je l'admets. C'est d'ailleurs ce que j'aime chez toi, depuis toujours.

Gage eut l'impression de recevoir une décharge électrique. Il prit le menu, mais sa vue se brouilla. Ils s'étaient si souvent dit qu'ils s'aimaient, par le passé… Après la trahison d'Eve, il s'était juré de ne plus sombrer dans ce genre d'illusions. Pourtant, certaines nuits de solitude, il lui arrivait encore de s'interroger. Leurs sentiments auraient-ils résisté à l'usure du temps, s'ils étaient restés ensemble ? Auraient-ils vécu une relation aussi longue que celle de Greta avec son mari ?

Il ne le saurait jamais. De toute manière, il s'était endurci et ne voulait plus se poser ce genre de questions.

Il goûta à peine les mets pourtant délicieux et demeura un peu en marge de la conversation, qu'Eve conduisait avec maestria. Greta et elle se comportaient comme des amies de longue date. Il n'avait même pas besoin d'intervenir.

Même si son plan se déroulait à merveille, un ressentiment amer le rongeait. Le couple qu'il formait avec Eve aurait pu être réel. Pour quoi, pour qui l'avait-elle trahi ? Papa, maman ? Un capital qu'elle avait investi dans sa ferme horticole ? Il lui aurait offert bien davantage, si elle le lui avait demandé.

Eve ne l'avait jamais aimé. Il n'y avait pas d'autre explication. On ne se conduisait pas aussi cruellement quand on aimait quelqu'un. Sexuellement, rien n'avait changé entre eux. Mais ce qu'elle avait fait était impardonnable. Une fois que le contrat avec Greta serait assuré, il lui rendrait la monnaie de sa pièce et partirait sans un regard en arrière. Il le fallait.

Pourquoi avait-il la curieuse impression de se mentir à lui-même ?

La voix de Greta le ramena à la réalité.

— Nous avons eu un entretien prometteur.

— J'en suis ravi.

— Je donne une soirée à Munich dans quelques mois. Je vous enverrai une invitation, pour vous et votre charmante fiancée.

— Nous nous ferons un plaisir d'y assister, répondit-il sans regarder Eve.

Elle acquiesça de mauvaise grâce, mais il fut seul à

s'en rendre compte. Tant mieux si la corvée lui pesait. Elle expiait pour le mal qu'elle lui avait fait.

Alors, pourquoi cela lui semblait-il mesquin ?

— Votre offre m'intéresse, en tout cas, reprit Greta. Je ne traite pas avec n'importe qui et suis contente que toutes ces rumeurs soient sans fondement.

— Quelles rumeurs ? demanda Eve.

Gage se crispa. Comme si elle les ignorait !

— Tu sais bien, mon ange. On a raconté que je t'avais enlevée.

— C'est ridicule !

Elle avait pâli.

— Bien sûr, dit Greta. Les gens ont pris plaisir à salir une belle histoire. Mais je vous souhaite un mariage aussi long et heureux que le mien l'a été.

— Merci.

Eve prit sa pochette et se leva.

— Excusez-moi un instant.

Elle quitta brusquement la table et se dirigea vers les toilettes.

— J'ai peut-être manqué de délicatesse, observa Greta.

Gage hésita.

— Ma fiancée est très sensible…

Elle avait paru tellement choquée qu'il était déconcerté.

— J'espère que je ne l'ai pas vexée.

Et si Eve, finalement, n'avait rien su de ces rumeurs abjectes ? Après tout, elle vivait en France, loin des États-Unis…

— Je vais la voir…

— Oui, je vous en prie. Je vous attends en finissant mon verre de ce vin délicieux. Il faudra nous revoir très vite pour discuter, Gage.

Tout à coup, la victoire sembla à Gage insignifiante.

Il ne pensait plus qu'à Eve, à sa mine décomposée.

7.

Debout devant le lavabo, Eve se regarda dans la glace en inspirant pour calmer les battements de son cœur. Ces horribles médisances ne lui étaient jamais parvenues aux oreilles. Comment avait-on pu répandre de telles insanités ? Alors qu'elle voulait tout sacrifier pour épouser Gage… Avait-on vraiment raconté qu'il l'avait kidnappée ?

Mais ce n'était pas le pire. Gage était apparemment persuadé qu'elle était au courant. D'une main tremblante, elle remit un peu de fond de teint sur ses cernes. Quelle mine épouvantable ! Elle dormait si mal, ces derniers temps… Il fallait pourtant retourner là-bas, ravaler ses larmes et jouer la comédie.

Elle fit couler de l'eau froide sur ses poignets et ferma les paupières. Elle y arriverait. N'avait-elle pas surmonté d'autres épreuves, seule, à des milliers de kilomètres de chez elle ? Elle refoula l'image du petit cercueil blanc à l'église. Elle avait trouvé la force d'aller de l'avant. Elle continuerait.

— Allons-y, dit-elle à son reflet en se redressant.

Elle ouvrit la porte, tête baissée, et heurta violemment quelqu'un qui l'attrapa par le bras quand elle vacilla sur ses jambes.

Gage.

Sans même lever les yeux, elle reconnut immédiatement son odeur et fut prise d'une folle envie de se blottir contre son torse. Hélas, cela lui était à jamais interdit. Car il faudrait encore le quitter.

Il plissa le front en l'interrogeant du regard. La douceur de son expression lui causa une vive émotion, comme si le magnat milliardaire était brusquement redevenu le jeune homme de vingt-trois ans cher à son cœur.

— Tout va bien ?

Personne ne lui avait posé cette question, pendant toutes ces années pourtant si difficiles. Les médecins avaient parlé de probabilités scientifiques, les infirmières l'avaient rassurée. Elle était jeune et retomberait enceinte. Quant au prêtre, il avait invoqué la volonté de Dieu. Personne ne s'était réellement soucié d'*elle*. Évidemment, elle avait caché la vérité à sa famille. Son père aurait été fou de rage qu'un Caron ait touché à sa fille. En plus, ils auraient tous été soulagés qu'elle ait perdu le bébé. Cela l'aurait achevée.

Ni sa mère ni sa sœur n'avaient pris de ses nouvelles. C'était comme si son histoire avec Gage n'avait jamais eu lieu, alors qu'elle était ravagée par un chagrin incommensurable.

Elle dirigeait une entreprise et tout le monde trouvait cela normal. Sa famille comptait sur elle sans se préoccuper de ce qu'elle souhaitait. Seul Gage s'était intéressé à elle.

Comme maintenant… Il avait posé une paume contre sa joue et la scrutait avec inquiétude. Il voyait toujours ce qui échappait aux autres. Une part d'elle-même avait envie de se confier, de lui raconter ce qui s'était passé, mais cela ne servirait à rien puisqu'ils ne pouvaient plus rien partager. Il valait mieux le laisser dans l'ignorance. Le fardeau n'appartenait qu'à elle.

À cet instant, s'il ne l'avait pas soutenue, elle se serait écroulée.

— Que sont ces rumeurs exactement ? demanda-t-elle.

Le regard de Gage se durcit.

— Tu le sais bien.

Elle secoua la tête vigoureusement.

— Non. Tu dois me croire.

— Tu en as entendu suffisamment, non ? On a prétendu que tu ne voulais pas t'enfuir avec moi, que je t'avais emmenée de force. Tu avais peur de moi et tu t'en es tirée de justesse…

Elle agrippa le tissu de sa chemise.

— Qui a raconté ces infamies ?

— Je pensais que cela venait de toi.

— Jamais !

— Admettons. Il ne reste qu'une possibilité. Ce n'est pas difficile de deviner.

Non. Son père avait promis de laisser Gage tranquille. Ils étaient d'accord.

— Les mauvaises langues inventent n'importe quoi. Tout le temps.

— Tu continues à le défendre ? Chaque fois que Caron était sur le point de signer un gros contrat, il suffisait d'un mot et les investisseurs se retiraient. J'ai dû me battre dix fois plus que les autres pour réussir. Ces médisances, apparemment anonymes, survenaient toujours à point nommé. Qui d'autre que ton père aurait voulu me nuire avec autant de constance ?

Eve enfouit son visage dans ses mains. Pourquoi son père avait-il sali la mémoire de cette période merveilleuse, pleine de promesses et d'espoir ? C'était impardonnable. Après la rupture, elle avait puisé sa force dans ces beaux souvenirs.

Son père l'avait trahie. Alors qu'il avait *promis*.

— Qui avait promis ?

Avait-elle parlé tout haut ? Elle avait envie de hurler. Elle avait fait un pacte avec le diable pour protéger Gage, mais jamais elle n'avait cessé de l'aimer.

Comment s'étonner que Gage la haïsse et cherche à se

venger ? On avait répandu un poison toxique et il fallait rétablir la vérité. Eve réparerait les dégâts causés par son père, sa conscience morale l'y obligeait.

— Retournons auprès de Greta. Elle va se demander ce qui se passe.

Mais Gage continuait à la scruter comme s'il voulait lire en elle.

— Tu as l'air tellement malheureuse… Pourquoi ? Qu'y a-t-il ?

Que pouvait-elle répondre ?

Ton père n'est pas vraiment ton père. Tu es le fils d'un autre homme. J'ai perdu notre bébé…

Elle ne pouvait pas se décharger de ces secrets qu'elle portait depuis si longtemps.

— Rien, mentit-elle. Simplement, le passé me pèse. J'ai envie d'aller de l'avant.

Il eut un sourire forcé.

— Comment ai-je pu croire que tu savais mentir ?

Loin de lui, sans le voir, ce n'était pas aussi difficile…

Elle avait eu tort d'imaginer qu'elle saurait jouer la comédie à côté de lui en chair et en os. Tout ce qu'elle voulait, c'était se jeter dans ses bras, se repaître de sa force et de sa chaleur.

Après tout, c'était peut-être la solution ! Pour ne plus penser à ces vérités qu'elle ne pourrait jamais lui confier… Soudain, elle agrippa les revers de sa veste, se hissa sur la pointe des pieds et l'embrassa.

Elle réclamait de la fougue et de la passion, mais Gage répondit avec une douceur et un respect qu'elle ne méritait pas. Ce baiser parlait davantage d'amour que de désir… Et recelait plus de danger qu'au temps de leur jeunesse. Porteur de toutes les blessures et souffrances passées, il laissait entrevoir comme une possibilité de pardon.

Avec les bras de Gage autour de sa taille, Eve se sentait

en sécurité. Si seulement cet instant grisant pouvait durer éternellement ! Si elle ne pouvait pas lui avouer ses sentiments, elle pouvait au moins les montrer, les exprimer autrement.

Gage enfouit les doigts dans les cheveux de sa nuque et la serra contre lui. L'espace de quelques secondes, ils oublièrent tout. Puis il recouvra ses esprits et s'écarta.

— Ne restons pas là, murmura-t-elle.

— Nous n'avons pas fini, Eve. Nous reprendrons cette conversation.

Pour le moment, elle était soulagée d'avoir un répit. Cela lui donnait le temps de se ressaisir, de réfléchir au meilleur moyen de dissimuler les secrets que Gage ne devait jamais découvrir.

Ils étaient revenus à leur table main dans la main. Greta avait promis de téléphoner à Eve pour reparler du vignoble. Gage avait donc la quasi-assurance de signer le contrat. Tout s'était déroulé avec une incroyable facilité. Il avait de quoi être satisfait.

Néanmoins, quelque chose le tracassait. Un changement important était survenu. Eve ignorait les rumeurs dont il l'avait rendue responsable. Jusque tout récemment, il n'aurait pas cru à ses dénégations, mais sa réaction horrifiée l'avait convaincu. Elle ne pouvait pas jouer la comédie à ce point.

Il s'était donc trompé et avait peut-être commis d'autres erreurs de jugement. Malgré tout, le coup de téléphone qui avait brisé sa vie et sonné le glas de leur histoire avait bien eu lieu. Il n'oublierait jamais sur quel ton méprisant elle l'avait traité de petit imbécile. Pourquoi avait-elle fait cela ?

Pendant sept ans, Gage avait lutté d'arrache-pied. Maintenant, il n'était plus sûr de rien. À l'arrière de la voiture pendant le trajet du retour à Grasse, Eve se tenait le plus loin possible de lui, coincée contre la portière. Pourquoi prenait-elle tant de distance après ce baiser qui l'avait ébranlé ? Il la soupçonnait d'avoir délibérément créé le trouble pour cacher quelque chose. Comme si elle avait peur de divulguer un terrible secret.

Ils remontèrent l'allée qui menait à la maison et Eve bondit littéralement hors de la voiture pendant que Gage remerciait le chauffeur. Mais elle n'avait pas la clé et dut l'attendre sur le seuil. Il la rejoignit nonchalamment. La soirée ne pouvait pas se terminer ainsi…

— Prends un dernier verre avec moi, proposa-t-il.

— J'ai assez bu pour ce soir, dit-elle d'une voix altérée, qui trahissait son émoi intérieur.

— J'aimerais reparler du dîner, échanger nos impressions.

Elle soupira.

— Maintenant ?

— Pendant que c'est encore frais. Allons dans la cuisine.

Il avait suggéré un endroit relativement neutre, même s'il avait conscience de la bataille qu'il s'apprêtait à livrer.

Il la suivit en respirant son parfum évocateur des champs de fleurs alentour. Avec ses murs en pierre et ses poutres en bois, la maison correspondait parfaitement à Eve. Sauf qu'en ce moment, elle ne semblait pas du tout à son aise. Elle s'assit sur un tabouret haut et ôta ses talons aiguilles, révélant des ongles de pied laqués d'un joli vernis rose.

Il se dirigea vers le réfrigérateur.

— Je te prépare un lait chaud avec un trait de bourbon et du miel pour t'aider à t'endormir ?

— Pourquoi pas ? répliqua-t-elle, avec une mauvaise grâce évidente.

— Quel est ton avis sur les intentions de Greta ?

En réalité, il s'en moquait royalement. Le contrat était pratiquement signé. En revanche, il était très préoccupé par ce qu'il avait appris sur Eve. Il fallait creuser sous les apparences.

Pendant qu'il préparait le breuvage, Eve lui livra le fruit de ses réflexions avisées et pleines d'intelligence. La petite princesse trop gâtée était devenue une excellente femme d'affaires.

Un temps, il avait cru qu'elle avait obtenu son poste en France comme une faveur. Il pensait maintenant qu'on l'avait exilée pour l'éloigner de lui.

Malgré la dose d'alcool qu'il avait mise, Eve but une longue gorgée sans sourciller. Avait-elle souvent recours à ce remède pour soigner ses insomnies ?

— Avec Greta prête à investir, tu n'auras bientôt plus besoin de moi, remarqua-t-elle.

— Nous avons une invitation pour une soirée à Munich dans quelques mois. Tant que le contrat n'est pas signé, nous n'en avons pas terminé.

Eve sortit son téléphone et balaya l'écran plusieurs fois.

— Les journaux ont publié notre histoire. Quel charmant portrait tu as brossé de nous deux, dit-elle d'un ton caustique.

Gage, qui ne l'écoutait plus, l'observait avec attention. Elle ne regardait plus son portable mais sa bague, avec nostalgie.

— Quel scénario as-tu élaboré pour la fin ? Une séparation à l'amiable ? À cause de contraintes professionnelles trop lourdes ?

Non. Il comptait lancer une bombe, révéler au monde entier quel genre de femme était Eve Chevalier. Une menteuse et une arriviste. Mais il n'en était plus tout à fait persuadé…

— Par exemple, oui, répliqua-t-il.

Elle posa sur lui ses yeux de porcelaine bleue dans lesquels brillait une lueur de regret. Lui non plus n'avait pas envie d'envisager la fin. Il préférait penser à un nouveau début, une réconciliation, un espoir qui embraserait Eve et lui redonnerait cet éclat qui lui allait si bien. Il la contempla. Avec ses cheveux blonds qui formaient comme un halo autour de sa tête, elle semblait parfaitement à sa place dans ce décor.

— Tu dois avoir du mal à quitter cet endroit qui te convient si bien.

Eve eut un sourire mystérieux, plein de douceur.

— Oui. J'y séjourne le plus souvent possible, quand ce n'est pas loué.

— Tu es obligée de louer ?

Elle haussa les épaules.

— J'ai un emprunt à rembourser. Les touristes payent cher pour loger au milieu des fleurs.

— Et quand tu seras libérée de ta dette ?

— Je m'installerai ici pour de bon, dans *mes* champs, avec les parfums de rose et de lavande. Et je ne m'en irai plus jamais. Il ne m'en faut pas beaucoup pour être heureuse. Je vivrai au rythme des saisons à cultiver mes fleurs.

— Cela a toujours été ton rêve.

Elle ne parlait pas d'amis ni de famille, remarqua-t-il avec une pointe de tristesse.

— Ce n'était pas mon seul rêve…

Il y avait tant de non-dits entre eux… Gage se remémora les plaisirs simples qu'il goûtait autrefois avec elle, quand ils se rencontraient au fond du parc, grâce au trou dans le mur. Il tressait des fleurs dans ses cheveux et elle ressemblait à une princesse de conte de fées. Après leur rupture tragique, il avait abandonné ses chimères pour se lancer à la reconquête de son honneur perdu, une quête harassante et sans fin. Quel bonheur ce serait de… se reposer.

— Et toi, quel est ton rêve ? demanda-t-elle.

Décrocher le contrat avec Greta Bonitz, aurait-il répondu

quelques semaines plus tôt. Dans sa jeunesse, il aspirait à se marier et avoir des enfants, mais avec Eve. Depuis, il avait relégué ces fantasmes au rang de souvenirs douloureux.

Vraiment… ?

— Toi.

Le mot était sorti tout seul, sans préméditation. Il fallait aller au fond du problème, une bonne fois pour toutes.

Eve agrippa sa tasse à deux mains et se mordit la lèvre pour réprimer un violent tremblement.

— Je suis plutôt ton cauchemar.

— Uniquement parce que tu m'interdis de te toucher. Tu règnes toujours sur mes fantasmes, avoua-t-il en cherchant son regard, qu'elle maintenait obstinément baissé. Cela ne t'arrive pas ? Tu ne te laisses jamais aller à imaginer des scènes érotiques avec moi ?

Il s'approcha et effleura les boucles blondes sur son épaule. Elle secoua la tête imperceptiblement.

— Je suis fatiguée.

Gage avait trop envie d'elle. En même temps, il ne voulait pas la brusquer ni lui faire peur. Très doucement, il lui prit sa tasse et la posa sur la table.

— Qu'est-ce que tu fais ?

Elle avait la voix étranglée et les pommettes roses.

Il enserra son visage entre les paumes, caressa sa bouche avec le pouce, et elle consentit enfin à lever les yeux.

— Je vais t'embrasser, murmura-t-il en calmant son ardeur impétueuse.

Ce soir, il s'armerait d'une patience infinie.

Il se pencha pour chuchoter à son oreille.

— Ensuite, je te porterai dans ma chambre. Je te déshabillerai pour admirer ton corps splendide. J'explorerai chaque centimètre de ta peau de satin.

Il s'arrêta un instant pour couvrir sa gorge de baisers.

— Et je te ferai l'amour pendant des heures. Mais

seulement quand tu seras folle de désir pour moi. Je veux t'entendre crier mon nom. Encore et encore. Inlassablement.

Ses lèvres remontèrent le long de son cou et il ferma les paupières.

— Dis oui, mon ange. Et je suis à toi. Toute la nuit.

Il voulait bien plus qu'une nuit, mais il ne fallait pas l'effrayer. Elle l'enlaça par le cou et pressa sa bouche sur la sienne, presque timidement. Son hésitation rappelait à Gage leur jeunesse, quand le monde recelait plus de possibilités que de déceptions. Il brûlait de la posséder là, à même la table. Mais il ne dévierait pas de ses promesses.

Si seulement ils pouvaient se transporter dans le temps, avant le drame…

Il s'écarta.

— Au lit.

— Oui.

Il la souleva dans ses bras comme une plume. Elle enfouit le visage au creux de son épaule et il se hâta. La nuit promettait d'être longue et intense.

Il traversa la chambre dans l'obscurité et déposa Eve sur le lit, avec une infinie délicatesse.

— Où vas-tu ? murmura-t-elle quand il s'éloigna.

— Allumer la lumière. Je veux te voir.

— Non ! Je te veux. Maintenant. Ne me laisse pas.

Comment serait-il resté sourd à ce cri ardent ? La clarté de la lune pénétrait dans la pièce et ses yeux s'ajustèrent à la pénombre.

— Tes désirs sont des ordres.

Il tira lentement sur le nœud de la robe portefeuille qui l'avait obnubilé toute la soirée et écarta les pans de tissu, révélant les sous-vêtements en dentelle. Il résista à l'envie de les arracher pour couvrir ses seins de baisers, sentir leurs pointes se dresser contre sa bouche. Une fièvre sauvage le possédait. Il lui prouverait qu'elle avait eu tort de le quitter. Personne d'autre que lui ne savait lui donner autant de plaisir.

Il se maîtrisa. La respiration saccadée d'Eve chantait comme de la musique à son oreille. Il fit glisser sa petite culotte le long de ses jambes, puis ses doigts revinrent vers son ventre, en l'effleurant à peine. Il porta la bouche à son sexe. Ivre de son odeur, il était gagné par une fièvre de plus en plus incontrôlable.

Eve se tordait de plaisir sous ses baisers.

— S'il te plaît.

Avec un sourire, il remonta jusqu'à sa poitrine. Les gémissements d'Eve exacerbaient sa fougue, qu'il s'appliquait pourtant à dominer.

Brusquement, avec une sorte de frénésie, elle tira la chemise de son pantalon et entreprit de la déboutonner.

— Enlève tes vêtements, implora-t-elle.

— Et toi ton soutien-gorge, dit-il en obtempérant.

Il s'agenouilla sur le lit pour la contempler. Avec ses cheveux répandus sur l'oreiller, les traits de son visage et les contours de son corps estompés par le clair de lune, on aurait dit un croquis au fusain. Il se pencha et se coucha sur elle, avec la sensation délectable de sa peau soyeuse au contact de la sienne. Leurs baisers se firent plus urgents. Demain, il verrait avec satisfaction ses lèvres rouges et gonflées à cause de lui.

Eve noua les jambes autour de ses reins. Leurs langues se mêlaient, leurs dents s'entrechoquaient, et ils se mouvaient dans un même rythme, comme si rien ne les avait jamais séparés.

— Je te veux, dit-elle sur un ton péremptoire.

— Je sais, murmura-t-il. Nous avons le temps.

Dans un geste de protestation, elle tendit la main vers son sexe érigé. Ce fut au tour de Gage de gémir et de s'abandonner.

Elle n'avait pas oublié les caresses qu'il lui avait enseignées, et qui le transportèrent dans un univers délicieusement sensuel. Mais il ne voulait pas perdre le contrôle. Averti par un picotement à la base de la colonne vertébrale, il s'écarta à regret.

Mue par une sorte de réflexe, Eve ouvrit les jambes. En dépit de son impatience, Gage poursuivit son exquise torture, des doigts et de la bouche, en concentrant son attention sur le cœur palpitant de sa féminité. Il la voulait à sa merci.

Soudain, elle arqua les reins, ses cuisses se mirent à trembler et elle s'accrocha au drap de toutes ses forces, en serrant les poings, convulsivement. Il n'accéda pas pour autant à ses supplications. Il pouvait faire durer son plaisir très longtemps s'il le voulait. D'ailleurs, il l'avait avertie.

Elle s'agrippa à ses cheveux, violemment.

— Je te veux, répéta-t-elle. En moi. Je t'en prie.

Les supplications qu'il avait tant voulu lui arracher ne l'intéressaient plus. Son désir le submergeait, lui aussi.

— Oui.

Il roula sur le côté pour ouvrir le tiroir de la table de nuit.

— Non.

Il se figea, désemparé. Avait-elle changé d'avis ? Elle tendit le bras pour le ramener vers elle.

— Je ne veux rien entre nous. Juste toi et moi.

L'urgence de sa voix le fouetta. Depuis Eve, il n'avait jamais eu de relations sexuelles sans préservatif. Et avec elle, juste une fois, une nuit de folie. Et puis ce matin…

— J'ai confiance en toi, ajouta-t-elle.

Il n'en fallut pas davantage pour l'électriser. Plus rien n'avait d'importance. Il la pénétra lentement, avec l'impression de se retrouver lui-même, dans un accord parfait.

Il hésita un instant.

— Tu es bien ?

Lui se sentait au paradis.

— Oui, chuchota-t-elle dans un filet de voix à peine audible.

Il commença à se mouvoir lentement, dans un rythme régulier, hypnotique. Elle ramena les talons sur son dos et bougea avec lui. L'esprit vide, il se perdit dans ses sensations en remerciant le ciel du merveilleux cadeau qu'Eve lui faisait. Il se moquait de tout ce qui s'était passé et savourait ce moment pur et parfait.

Eve était maintenant au bord de la jouissance. Elle cherchait son plaisir et il était heureux de le lui offrir. Il prit la pointe d'un sein dans sa bouche. Aussitôt, elle jouit en criant son nom. Il enfouit le visage au creux de son cou pendant qu'elle enfonçait les ongles dans la chair de ses épaules, en se retenant le plus longtemps possible. Puis, un éclair explosa derrière ses paupières closes et il bascula à son tour. Un sanglot d'Eve l'avertit qu'elle avait joui une deuxième fois.

Lorsqu'il recouvra ses esprits, il entendit un murmure qu'Eve laissa échapper probablement malgré elle. Quelques mots bouleversants qui changeaient tout.

— Jamais personne d'autre que toi.

8.

L'heure de vérité sonnait généralement le matin. Eve se réveilla le corps endolori, rompue mais comblée. Une certaine inquiétude, toutefois, régnait dans son cœur et son âme. Gage et elle ne se rassasieraient jamais l'un de l'autre. La passion, entre eux, ne s'éteindrait jamais.

À la lumière du jour, les fantasmes de la nuit se heurtèrent de plein fouet à la réalité brutale. Qu'avait-elle dit à la faveur de l'obscurité ? À la clarté de la lune, ses rêves les plus fous lui avaient tout à coup semblé possibles. Gage et elle pouvaient remonter le temps, retrouver leur jeunesse perdue.

La lucidité reprenait malheureusement ses droits. Trop de secrets entachaient leur histoire. Il fallait bouger, se lever, quitter cette chambre et se sauver. Car les forces lui manquaient pour continuer à jouer la comédie.

— Bonjour.

La voix langoureuse de Gage, évocatrice de tendres chuchotements entre les draps froissés, n'incitait guère aux décisions courageuses.

— Bonjour…

Au contact de Gage, toutes ses velléités de fuite s'envolèrent. Elle tressaillit avec une petite grimace douloureuse, vite remplacée par un soupir de contentement.

— Tu as mal ? demanda-t-il doucement en s'appuyant sur un coude.

Le magnat des affaires intransigeant avait disparu devant l'amant tendre et généreux qui menaçait son équilibre et son bonheur.

— Un peu.

Elle haussa les épaules avec une fausse nonchalance.

— Comme je t'ai dit, cela faisait longtemps…

Les yeux de Gage s'assombrirent comme un ciel d'orage.

— Combien de temps ?

Sa question, innocente en apparence, recelait un danger. Un verrou avait sauté, rendant Eve infiniment plus vulnérable que toutes ces dernières années. Les circonstances excusaient certaines de ses paroles, mais pas toutes. Gage avait toujours su décrypter ses pensées les plus secrètes…

Elle détourna le regard.

— Assez longtemps.

Elle s'en voulut aussitôt de cette réponse trop évasive.

— Cette nuit, tu m'as dit…

— *Baby*, je dis beaucoup de choses dans le feu de la passion. Ne crois pas tout ce que tu entends.

Elle voulait le vexer, le mettre en colère. En même temps, ce mensonge lui laissait un goût amer parce qu'elle avait l'impression de salir une nuit merveilleuse.

Contrairement à son attente, Gage ne bougea pas. Une ombre passa dans son regard, mais fugacement, et il continua à scruter son expression. Accoudé sur l'avant-bras, il lui caressait doucement les cheveux. Elle résista à l'envie de fermer les paupières. Il ne fallait surtout pas s'abandonner à la douceur.

— Je commence à savoir faire le tri entre ce que je dois croire et le reste, murmura-t-il contre sa bouche.

Eve devait réagir. Vite. S'ils faisaient l'amour maintenant, Gage oublierait peut-être ses questions indiscrètes.

Elle captura ses lèvres avidement et ouvrit les cuisses en creusant les reins. Il aurait pu la pénétrer facilement, mais il se contenta de frotter son sexe sur son ventre et attendit longtemps avant de se glisser en elle.

— Je suis si bien en toi… C'est si parfait ! Je n'ai jamais rien désiré autant.

Ses chuchotements enivrants arrachèrent à Eve un long soupir. Elle voulait croire à l'impossible.

Les larmes lui montèrent aux yeux. Comment se sortir de l'imbroglio où elle était ? Revenir sur le passé en inventant un mensonge pour expliquer la rupture risquait de tout faire écrouler comme un château de cartes. Avec leurs familles qui se détestaient, un incident éclaterait forcément tôt ou tard. Il valait mieux ne pas réfléchir, se contenter de vivre l'instant. Le plaisir montait. Bientôt, la vague déferlerait. Eve oublierait tout.

Gage s'écarta, emmêla ses doigts aux siens et maintint ses mains au-dessus de sa tête. Il continua ses mouvements de va-et-vient, mais très lentement, sans autre contact. Ses yeux d'un bleu incroyable se rivèrent sur son visage.

— Que tu es belle !

Elle s'arc-bouta de toutes ses forces.

— Gage, s'il te plaît.

— J'aime te voir ainsi, à ma merci.

Implacable, il refusait d'assouvir son désir.

— Ton souvenir m'a hanté pendant des années, et maintenant tu es là, avec moi.

— Je t'en prie, Gage, gémit-elle.

Prisonnière, réduite à l'impuissance, elle ne pouvait que l'implorer. Il ne cédait pas.

— Réponds-moi d'abord.

Haletante, elle se mit à trembler.

— Tout ce que tu voudras.

— Combien de temps ?

Elle essaya encore d'ignorer la question, mais le supplice devenait insupportable.

— Depuis combien de temps un homme ne t'a pas touchée ?

Il n'y avait eu que lui.

Pourquoi la torturait-il ainsi ? Il connaissait si bien son corps… Elle n'avait jamais rêvé d'un autre amant. Après la séparation, dans ses ruminations coupables, elle avait essayé d'imaginer le sexe avec un autre, mais c'était impossible. Gage régnait dans sa vie comme dans ses fantasmes. Elle ne voulait que lui.

— N'aie pas peur, mon ange.

De grosses larmes roulèrent sur ses joues. De frustration, de désir, mais aussi de regret à cause de toutes ces années perdues.

Gage la fixait toujours intensément, devinant sans doute ses espoirs, ses rêves et ses peurs. Elle choisit de dire la vérité pour se libérer. Il serait toujours temps après d'inventer quelque chose.

— Sept ans.

Sept longues années d'une effroyable solitude.

Avec une expression indéchiffrable, Gage se retira.

— Non. Ce n'est pas…

— Tu avais promis, sanglota-t-elle.

Il hésita, puis déposa un baiser sur sa poitrine, à l'endroit où son cœur battait.

— Je tiens mes promesses.

Il l'embrassa sur le ventre. Puis sa bouche descendit plus bas.

— Je vais m'occuper de toi.

Son souffle chaud caressait doucement le haut de ses cuisses.

— Longtemps. Et pour toujours.

Quelques secondes plus tard, elle criait de plaisir en s'abandonnant à cette promesse à jamais irréalisable.

[illegible] un [illegible] appel téléphonique [illegible] avait irrémé[illegible]
transformé en haine l'amour de Gage. Mais rie[illegible]

9.

L'aveu d'Eve changeait tout et pourtant la situation semblait toujours inextricablement embrouillée. La vie avait perdu l'innocence d'autrefois. Un mystère rôdait dans l'ombre, qu'il fallait élucider, si toutefois Eve voulait bien s'expliquer.

Elle dormait paisiblement au creux de ses bras depuis plusieurs heures, après cette révélation qui l'avait bouleversé. Sept ans. Il ne s'en remettait pas. Comme si le temps s'était arrêté pour elle. Il croyait n'avoir été qu'un jouet entre ses mains, avant qu'elle fasse un beau mariage ou touche le pactole qui l'attendait à sa majorité. Et pourtant, pendant tout ce temps, il n'y avait eu personne dans sa vie.

Elle ne mentait pas, il en avait la conviction. Mais alors, pourquoi ? Il en aurait le cœur net. Pour le moment, il lui accordait un répit car le sujet semblait douloureux. Pendant qu'elle se reposait, les questions tourbillonnaient dans sa tête. La rupture lui avait peut-être été imposée. Quelles menaces avait-on brandies ? Pourquoi avait-on brisé leur bel amour ?

Il brûlait de rage. Que de temps perdu. Les responsables paieraient.

Eve bougea et s'étira. Dès qu'elle ouvrit les yeux, elle se raidit et s'écarta. Un pli anxieux lui plissa le front. Il détestait cette méfiance, cette incertitude.

Autrefois, ils ne doutaient pas l'un de l'autre, et il avait envie de retrouver cette assurance. Il effleura ses lèvres d'un tendre baiser. C'était dommage de rompre le charme, mais il avait besoin de réponses. Il fallait donc poser les questions. Prudemment.

Mais Eve le devança.

— Quand repartons-nous aux États-Unis ?

— Tu as hâte de rentrer à la maison ?

À la maison... Ces mots l'emplissaient de nostalgie. Il avait tant rêvé de bâtir un refuge avec Eve, un havre de paix... D'ailleurs, il n'était pas trop tard.

— Je ne me sens plus chez moi en Amérique depuis longtemps, remarqua Eve. Mais maman et Veronique ne me donnent pas vraiment de nouvelles et la santé de mon père m'inquiète.

Gage eut l'impression d'une douche froide. Hugo Chevalier n'était pas le bienvenu dans leur intimité retrouvée. Il avait trop d'ascendant et d'influence négative sur sa fille.

— Très bien. Je vais organiser le vol de retour.

Il n'avait pas du tout envie de repartir. Si la réalité reprenait ses droits, plus rien ne serait pareil.

Les yeux dans le vague, elle hocha la tête.

— Je vais me lever...

— Rien ne presse.

Il avait tant de questions à lui poser.

— Pourquoi, Eve ?

Elle pinça les lèvres.

— Je ne vois pas...

— Si, tu sais très bien de quoi je parle. Pourquoi n'y a-t-il eu personne d'autre ? C'est long, sept ans.

Elle rentra immédiatement dans sa coquille.

— J'ai poursuivi mes études. Tout de suite après on m'a confié la direction de la branche européenne de l'entreprise ici, en France.

Elle mentait, même s'il y avait une part de vérité dans sa

réponse. Son regard fuyait le sien et sa gorge se contractait visiblement.

— Tu es belle, sensuelle, passionnée… Tu as certainement beaucoup d'admirateurs.

Elle haussa les épaules.

— Je n'avais pas le temps de m'amuser. J'avais des ambitions et des objectifs. On m'avait donné un poste important, je voulais réussir. Je n'avais pas besoin d'un homme pour me sentir exister.

Elle roula sur le côté pour s'échapper hors du lit. Nue, magnifique. Il voulait la retenir, passer la journée à lui faire l'amour avant leur départ. Ou peut-être rester en France dans leur cocon et continuer à rêver, comme si le monde extérieur n'existait pas.

— Reviens. Je ne te poserai plus de questions.

Le regard d'Eve se radoucit et il écarta le drap en tapotant le matelas. Puisqu'elle refusait de parler, il s'accommoderait de son silence. Pour l'instant.

Elle l'observa longuement et il lui sourit. Ils pouvaient résister à beaucoup de choses, mais pas à ce feu qui les dévorait. Il lui tendit la main.

— Allez, viens. Tu as peur ?

— Plus rien ne me fait peur, murmura-t-elle d'une voix rauque, en s'approchant.

Elle culbuta dans ses bras. Quand ils étaient ensemble, couchés l'un contre l'autre, la vérité éclatait dans chaque baiser, chaque caresse. Il n'y avait plus de mensonges pour les séparer. Si Eve n'avait rien d'autre à lui offrir, il s'en contenterait.

Eve dormit pendant presque toute la durée du vol. Leur longue nuit d'amour l'avait épuisée. Ils avaient tenté d'exorciser les démons du passé, comme si la passion physique leur permettait de recouvrer ce qu'ils avaient perdu.

Elle avait cédé parce qu'elle avait pris conscience qu'elle ne cesserait jamais d'aimer Gage. Elle comprenait seulement maintenant pourquoi elle rentrait si rarement aux États-Unis, là où tout avait commencé. Elle préférait rester en France et appeler sa famille en vidéo. Pour les fêtes de Noël et Thanksgiving elle s'assurait d'abord que Gage ne serait pas dans les parages et qu'elle ne risquait pas de le croiser.

Dans la voiture qui les emmenait de l'aéroport au centre-ville, son anxiété monta d'un cran. Elle s'obligea à respirer profondément et vérifia son téléphone. Elle n'avait toujours pas reçu de message de son père, mais d'après sa mère et sa sœur il allait mieux et avait quitté le service de soins intensifs.

— Je pensais que tu aurais un appartement, remarqua-t-elle quand le chauffeur s'arrêta devant un grand hôtel.

Gage secoua la tête.

— Je ne séjourne jamais très longtemps dans cette ville. Les rares fois où je viens, je loge dans la maison d'invités de papa et maman. Mais tu n'as sans doute pas très envie de les voir.

En effet… Quoique pour des raisons différentes de celles que Gage imaginait. Le lieu lui rappellerait la nuit fatale où ils avaient fait l'amour si imprudemment. La nuit où elle était tombée enceinte.

Repoussant ce souvenir, elle descendit dans la fraîcheur du soir et surveilla l'employé qui déchargeait leurs bagages.

En temps ordinaire, elle ne se séparait jamais de la mallette jaune dont le contenu résumait toutes les blessures du passé. Elle faillit s'approcher pour la récupérer, mais résista. Gage l'avait regardée bizarrement quand elle avait voulu la prendre en cabine. Elle ne voulait pas se retrouver encore une fois sur la sellette avec des questions embarrassantes.

Gage la serra contre lui dans l'ascenseur et la plaqua contre le miroir pour capturer ses lèvres, dans un baiser conquérant, dominateur. Elle répondit avec fièvre, comme si ce retour faisait peser une menace et risquait de les séparer de nouveau pour toujours.

La suite était confortable, mais impersonnelle. Eve posa son sac sur le canapé et s'approcha de la fenêtre pour contempler cette ville qui lui était devenue étrangère.

— Il faudrait que j'aille voir ma famille.

Jusque-là, elle avait évité le sujet sensible. Mais si son père allait mieux, elle devait le mettre au courant, pour Gage et pour Knight. Elle devait aussi réaffirmer les conditions de leur accord, exiger qu'il respecte sa promesse et n'ébruite pas le terrible secret.

— Je sais. Tu as eu des nouvelles ?

Elle se tourna vers lui. Il avait l'air conciliant, sans colère ni hostilité.

— Pas très détaillées…

« Tu récoltes ce que tu as semé », avait simplement répondu sa mère quand elle avait demandé à parler à son père.

— Et toi ? reprit-elle.

— Mes parents sont absents.

Il hésita.

— Nous les verrons à leur retour.

Un frisson de peur la parcourut. Un piège se refermait, la situation échappait à son contrôle. Gage semblait l'inclure dans son existence. Avec ce qu'elle savait, elle ne pourrait jamais faire semblant devant eux. Et si elle les appelait pour leur demander de dire la vérité à Gage ? Gus Caron était-il lui-même au courant ? Il valait mieux temporiser.

— Ce n'est pas une très bonne idée.

— Pourquoi ?

— Quelle explication donneras-tu quand nous romprons ?

— Tu te fais du souci pour moi ?

— Je ne veux pas te rendre les choses plus difficiles qu'elles ne sont.

— Je suis adulte, responsable de mes décisions.

— Et si je les déçois ?

— Tu as peur ?

— Non.

Sur le point d'ajouter quelque chose, Gage s'interrompit car on frappa à la porte, avec leurs bagages sur un chariot. Eve s'empara aussitôt de sa mallette jaune pour la ranger à l'abri des regards, mais Gage s'en saisit en même temps. Elle sursauta violemment à son contact.

— Laisse.

Eve tira un peu trop fort et la valise s'ouvrit malencontreusement, répandant sur la moquette son précieux contenu, dans une avalanche de carnets et de feuillets épars.

— Non !

Elle s'accroupit et commença à tout ramasser en hâte. Mais Gage se pencha pour l'aider. Elle se figea, horrifiée, quand il prit un cahier dont s'échappaient des articles de journaux jaunis, qu'elle avait découpés au fil des ans. Elle avait suivi la carrière de Gage avec un soin obsessionnel, comme pour s'assurer que son sacrifice n'avait pas été vain.

Il feuilleta quelques pages, consulta des articles. Il y avait là un résumé de toute sa vie, privée et professionnelle. Sidéré, il fronça les sourcils, tandis qu'elle lui arrachait le cahier des mains.

— Cela ne te regarde pas.

— Il s'agit pourtant de moi !

Il considéra d'un air ébahi cette documentation incroyable. Du coin de l'œil, Eve surveillait avec inquiétude un papier officiel particulièrement important, sous une pochette plastique.

— Et alors ? lança-t-elle, agressive.

— Je n'en reviens pas… Après tout ce que tu m'as dit ! Tu prétendais avoir oublié le passé. C'est tout le contraire ! Pourquoi ?

Eve se lança dans une tirade volubile et assez incohérente, dans une tentative désespérée pour préserver les secrets les plus importants.

— Nous étions trop jeunes. Cela n'aurait pas duré. Il valait mieux affronter la réalité plutôt que divorcer plus tard, ce qui n'aurait pas manqué de nous arriver.

— Non.

Gage ne cessait d'examiner avec effarement les papiers répandus sur le sol.

— Je ne peux pas croire que tu avais si peu de foi en nous.

Eve se mit à trembler en refoulant ses larmes.

— Arrête.

Refusant d'obéir, Gage finit par tomber sur de minuscules empreintes de pieds et de mains, relevées par la sage-femme à la demande d'Eve. Le feuillet s'était échappé d'entre les pages d'un journal intime, avec le certificat de naissance et de décès du bébé.

Eve s'effondra à genoux pour contempler avec Gage ces vestiges de la tragédie.

Le décès de Louis Gage Chevalier était survenu juste après la naissance. Il y avait eu une déclaration officielle, rédigée en français. Pour le prénom, Eve s'était conformée à celui qu'ils avaient choisi tous les deux, quand ils évoquaient l'avenir. Louis pour un garçon, Catherine pour une fille.

— Un… un bébé ? s'écria Gage, sidéré. *Le nôtre ?*

— Oui.

Elle pleurait à présent, incapable de se retenir plus longtemps.

Une étincelle de colère brilla au fond des yeux de Gage.

— Comment as-tu pu me cacher l'existence de notre fils ? De *mon* fils ?

Elle se mordit la lèvre jusqu'au sang. Mais puisque Gage avait tout découvert, il fallait répondre.

— Je n'ai pas tout de suite compris que j'étais enceinte.

Le stress et le chagrin, ajoutés au manque d'appétit et de sommeil, la perturbaient tellement qu'elle n'avait pas remarqué l'absence de ses règles.

— Et après… C'était trop tard, conclut-elle, laconique.

Son exil en France avait d'une certaine façon simplifié la situation. Son père aurait été fou de rage. Quant à Gage, elle lui avait déjà fait trop de mal. Cela l'avait motivée dans sa course au succès, à la fois dans les études et la carrière professionnelle.

— Où est-il ?

Incapable d'articuler un son, Eve chercha un document parmi les feuillets éparpillés et le lui tendit.

— J'ai fini par consulter un médecin, reprit-elle dans un sanglot. Tout s'est bien passé jusqu'à la vingt-troisième semaine.

Après le drame, elle avait cru mourir de douleur. Au bout de cet hiver funeste, une nouvelle Eve Chevalier avait émergé, plus dure, plus froide. Toute douceur l'avait quittée.

— Il était si minuscule quand il est né… On a tenté de le sauver, mais…

Elle secoua tristement la tête. Elle avait passé les jours suivants comme un zombie. Condamnée à souffrir seule et en cachette, elle n'avait personne à qui se confier.

— Tu aurais dû me prévenir. J'aurais…

Une expression d'angoisse se peignit sur les traits de Gage.

— Pourquoi ne m'as-tu pas contacté ? Me l'aurais-tu dit un jour ?

— J'étais terrifiée.

Ce qui était vrai…

— Je redoutais les réactions de mon père, ajouta-t-elle.

S'il avait appris la nouvelle, il aurait parlé. Eve se souvenait de la peur qui l'habitait, à l'époque de sa grossesse. Anxieuse avant tout de protéger Gage, elle avait conscience des risques qu'il encourrait si on apprenait qu'elle était enceinte.

Gage s'approcha, le regard brillant.

— Hugo t'a-t-il fait du mal à cause de moi ?

Une rage sourde l'animait, pas contre elle, mais pour la défendre, au contraire. Elle secoua la tête.

— Non. Mais il aurait pu devenir violent, s'il avait su.

— Je serais venu te chercher.

— Tu étais dans un autre pays, sur un autre continent. Il avait tous les pouvoirs. Ensuite, après le dénouement tragique, j'ai préféré continuer à me taire. Cela ne servait à rien de te faire souffrir inutilement.

Maintenant, cela lui faisait tout de même du bien d'en parler, de partager sa peine.

— Je souffre quand même, répliqua Gage d'une voix brisée.

Il continua à fouiller dans les papiers et trouva une vieille photo jaunie, où on voyait Eve, le visage ravagé, qui tenait le bébé emmailloté dans ses bras. La sage-femme lui avait dit que ce souvenir l'aiderait à faire le deuil.

— Tu as toujours cette mallette avec toi, reprit Gage.

— Oui, elle me suit partout.

Depuis trop longtemps. Les années avaient passé, sans fête des Mères…

Les épaules voûtées, Gage enfouit son visage entre ses mains, comme s'il mesurait tout à coup l'étendue du drame. Alors, Eve se blottit tout contre lui, l'entoura de ses bras et s'abandonna aux pleurs. Quelqu'un savait, *enfin*.

Tandis qu'ils s'agrippaient l'un à l'autre avec une sorte

de désespoir farouche, une pensée très égoïste s'empara d'Eve, avec la vigueur et la robustesse du kudzu, cette plante japonaise qui, une fois plantée, envahit et étouffe tout autour d'elle. Et si, après toutes ces années, elle pouvait reconquérir Gage ? Mais ce désir l'entraînait sur une pente dangereuse. Les secrets qu'elle retenait encore risquaient de s'échapper, aussi inéluctablement que les grains de sable dans un sablier.

10.

Un sentiment d'échec et de regret écrasait Gage, si douloureux qu'il se demandait s'il s'en relèverait un jour… Une immense sensation de gâchis le terrassait à la pensée de tout ce qu'Eve et lui avaient perdu à jamais. Comme cet enfant… Comment avait-elle pu supporter seule une telle épreuve ?

Il s'interrogeait aussi sur ses propres réactions. Que serait-il arrivé s'il s'était battu pour reconquérir celle qu'il aimait, au lieu de capituler en s'apitoyant sur lui-même ? Ils se seraient mariés et auraient fondé une famille. S'ils avaient malgré tout perdu leur bébé, ils se seraient au moins raccrochés à leur amour. Eve n'aurait pas souffert seule dans un pays étranger.

Il ne comprenait pas comment elle avait pu accepter avec autant de fatalisme la fin de leur histoire. Il prit une longue inspiration pour surmonter la tristesse qui le submergeait. Jamais il ne pardonnerait à la famille d'Eve le mal qu'on lui avait fait. La rage qui le consumait réclamait vengeance.

Il s'écarta et regarda le beau visage d'Eve rougi par les larmes et dévasté par le chagrin.

— Hugo paiera. Pour tout. Dussé-je le poursuivre jusqu'à mon dernier souffle. Où est-il ? Le moment est venu de régler nos comptes.

Elle blêmit.

— Non.

— Non ?

Gage se leva et se mit à faire les cent pas. Elle le défendait encore, après tout ce qu'il avait fait ?

— À quoi cela te servirait-il d'aller le voir ? reprit-elle en tremblant.

Elle était toujours à genoux, comme pour le supplier.

Il lui fit face. Était-elle aveugle ? Sa famille, ou plutôt son père, avait détruit leurs vies. Impitoyablement. Empoisonné sept ans de leur existence.

— Je veux lui montrer qu'il a *tout* perdu. Non seulement son entreprise, mais ce qu'il a essayé de m'enlever. *Toi.*

Eve se leva sur des jambes mal assurées.

— J'en ai assez qu'on se serve de moi comme d'une arme.

Elle parlait par énigmes…

— Que veux-tu dire ?

— La haine détruit tout et ne mène nulle part.

Elle joignit les mains devant elle.

— Mon père récoltera les fruits de ce qu'il a semé. Tu ne peux pas le rendre plus malheureux qu'il n'est déjà.

Il secoua la tête, incrédule.

— Tu le protèges ?

— C'est *toi* que je protège ! s'écria-t-elle.

— Tu ne m'arrêteras pas.

Il attrapa son téléphone pour appeler une voiture.

— Dis-moi où il est. Sinon, je trouverai par mes propres moyens. Il va m'entendre !

Il continua à arpenter la pièce nerveusement, comme s'il craignait que sa colère retombe. Eve ne bougeait pas. Les bras croisés, elle se mordait la lèvre avec anxiété.

Tout à coup, elle se planta devant lui pour l'obliger à s'arrêter et agrippa son poignet avec une fermeté presque brutale.

— Gage, *s'il te plaît*. N'y va pas. Il y a des choses que tu dois savoir… Sur les raisons… de notre rupture.

Allait-il enfin avoir l'explication tant espérée ? Eve semblait complètement tétanisée.

— Eh bien ? Je t'écoute.

Elle recula brusquement, comme si son contact, soudain, la brûlait.

— Il faut que tu comprennes. À l'époque, Caron n'était pas florissant. En révélant ce qu'il savait, il aurait pu vous amener à la faillite. Tu aimes tes parents. Je ne voulais surtout pas t'infliger ça.

Cela n'avait aucun sens.

— De quoi parles-tu ?

— Je ne peux pas vraiment… C'est-à-dire…

Les larmes aux yeux, Eve respirait avec difficulté. Il eut envie de la prendre dans ses bras pour la soutenir, mais se contenta d'attendre la suite avec une impatience croissante.

— Il faut que tu saches. Ton père… Gus… n'est pas ton père.

« Tout se figea, comme après une tempête de glace.

Il ne faut jamais faire confiance aux Chevalier. Ce sont des escrocs et des charlatans. »

Les paroles de son père résonnèrent avec force aux oreilles de Gage, qui secoua la tête en pointant sur Eve un index accusateur.

— Tu mens. C'est faux. Je…

— Demande à tes parents. Parle avec eux. Pourquoi te mentirais-je ? protesta Eve.

Elle tendit les mains dans un geste implorant, comme si elle le suppliait de croire l'incroyable.

— J'ai vu la preuve. Si je n'avais pas rompu, mon père menaçait de dire à tout le monde que tu n'étais pas le fils de Gus. J'ai choisi de te protéger. J'étais obligée. Tant pis si je m'attirais ta haine.

Gage secoua résolument la tête. Cela ne pouvait pas être vrai. Il était un Caron. Gus était son père.

— Tu ne me convaincs pas, *mon ange*. Après tout, la situation n'est pas différente sept ans plus tard. Comment comptes-tu lui annoncer notre réconciliation ? Ton père ne m'acceptera pas plus aujourd'hui.

— J'espérais que tout serait terminé avant qu'il soit rétabli…, murmura-t-elle en triturant nerveusement sa bague de fiançailles.

Le souffle coupé, Gage se remémorait certaines scènes de son enfance, avec des questions demeurées sans réponse. Il s'était par exemple étonné de ne pas ressembler physiquement à son père. La révélation d'Eve expliquait beaucoup de choses, en particulier la cruauté dont elle avait fait preuve.

Si maintenant il se présentait devant Hugo, ce dernier lui répéterait sans nul doute le lourd secret qu'elle avait gardé durant sept ans.

Gus Caron n'était pas son père.

L'énormité des mensonges qu'on lui avait racontés le sidérait.

— Si ton père était mort, tu ne m'aurais jamais rien dit ? demanda-t-il. J'avais pourtant le droit de savoir.

Elle s'approcha timidement, comme si elle avait peur de la sauvagerie qu'elle éveillait en lui. Car il avait beaucoup de mal à maîtriser la violence de ses émotions.

— Ce n'était pas à moi de te révéler un fait aussi important, murmura-t-elle. En tout cas, je ne voulais surtout pas qu'on te l'annonce de façon haineuse. C'est à tes parents de le faire, dans l'amour et la tendresse. Va les voir. Pose-leur des questions…

Elle baissa les yeux sur les carnets et les papiers en désordre, seuls témoins de leurs rêves brisés. Le monde de Gage venait de s'écrouler, entraînant dans sa chute les frêles espoirs d'un renouveau.

— Donc, je ne suis pas un Caron.

Les poings serrés, Gage tourna le dos à Eve et se dirigea vers la fenêtre pour contempler cette ville que désormais il détestait.

— Il est trop tard pour tout, maintenant.

Il n'avait rien su, ni de sa paternité, ni de sa bâtardise. Plus rien ne lui semblait stable, comme si le sol s'était ouvert sous ses pieds.

Les cheveux de sa nuque se hérissèrent, l'avertissant d'un danger. La main qui se posa sur son épaule, au lieu de le réconforter, lui parut étrangement hostile.

— Le sort nous a été défavorable, mais il est peut-être possible de réparer. L'avenir est devant nous…

Eve recula quand Gage fit volte-face. Que lisait-elle de si effrayant sur ses traits ? Il n'arrivait pas lui-même à y voir clair. Il n'avait qu'une certitude, la haine infinie qu'il éprouvait envers un homme.

— Ton père mérite d'être puni et je vais prendre un immense plaisir à me rendre justice.

Eve leva vers lui de grands yeux tristes qui le laissèrent insensible.

— Et après ? Qu'auras-tu gagné ?

Il fronça les sourcils. N'était-ce pas évident ?

— J'en aurai terminé. Une fois pour toutes.

— Sauras-tu combler le vide d'une existence d'où la vengeance aura disparu ?

Elle plaça la main sur son torse, à l'endroit du cœur.

— Comment peux-tu lui pardonner ? demanda-t-il. Alors qu'il nous a tout volé.

— Je me moque éperdument de lui. Je ne peux pas effacer ce qu'il a fait, mais je garde le contrôle de mes émotions.

Toi seul comptes pour moi. Ta soif de vengeance ne sera jamais assouvie et te détruira, exactement comme lui.

— Je ne suis pas comme ton père, se récria-t-il.

— Non, pas encore. Mais tu finiras par lui ressembler si tu te laisses aller sur cette pente. Que se passera-t-il quand mon père aura disparu ? Qui sait si tu ne reporteras pas ta haine sur moi ? Ce sera sans fin.

Il refusa de se laisser attendrir.

— Ce n'est pas à toi de me dicter ma conduite. Tant que ton père vivra, je lui garderai rancune. Et peut-être même après. Jusqu'à ma mort.

C'était sans espoir. Eve essuya ses joues ruisselantes de larmes et se redressa avec fierté, en enlevant sa bague.

— Je t'aime depuis toujours et je t'aimerai jusqu'à la fin de mes jours.

Pendant un moment, l'esprit confus, Gage ne comprit rien à ce qui se passait.

— Mais je ne supporte plus cette situation, poursuivit-elle. À partir de maintenant, la haine n'empoisonnera plus mon existence.

Pour Gage, de tels propos étaient inacceptables.

— Nous avons conclu un accord. Tu n'as pas le droit de…

— Sinon quoi ? Tu me détruiras aussi ? le coupa-t-elle, sans colère ni tristesse, mais épuisée. Je t'en supplie, fais un effort. Ne t'inquiète pas pour Greta Bonitz. Je tiendrai mon engagement. Mais entre nous deux, tout est fini. Ta haine pour mon père est plus forte que ton amour pour moi, et je mérite mieux.

La voix brisée, elle posa la bague sur une console et partit, abandonnant derrière elle les ruines de ses rêves déçus.

11.

Gage franchit la grille en fer forgé de la propriété de ses parents. La voiture remonta en vrombissant l'allée bordée de plates-bandes fleuries. C'était là que, enfant, il avait appris à faire du vélo, avec son père. Gus avait enlevé les petites roues pour ses cinq ans et il avait pédalé comme un fou tout du long, en poussant des cris de joie.

Les doigts crispés sur le volant de la voiture de location, il se gara devant le perron et attendit quelques instants avant de descendre en claquant la portière. Il avait l'impression que ses parents lui étaient subitement devenus étrangers. Si Gus n'était pas son père biologique, était-il au moins dans la confidence ?

Debout sous le porche, il considéra la maison familiale dont il s'était cru jusque-là l'héritier naturel. S'il avait vécu aussi longtemps dans le mensonge, plus rien n'avait de sens. Tout s'effondrait autour de lui.

Pendant sept ans, il s'était trompé en identifiant Eve comme sa pire ennemie. Il la revit partant la tête haute après lui avoir rendu sa bague. Il ne guérirait pas de cette nouvelle blessure… Apparemment, elle n'avait joué qu'un rôle de figurante dans ce drame de jeunesse qui l'avait anéanti. L'adversité et le mensonge se terraient ailleurs, là où, ironiquement, il se sentait le plus en sécurité.

Que lui restait-il, maintenant ? Il s'était vengé au nom d'une famille qui n'était même pas la sienne. Si son existence reposait sur des fondements illusoires, il ne savait même plus *qui* il était.

Il ouvrit la porte d'entrée. Peut-être devrait-il rendre les clés de cette maison sur laquelle il n'avait plus aucun droit ? Il y avait pourtant été tellement heureux… Malgré tout, la rupture avec Eve avait tout changé. Ses visites s'étaient espacées dans ce lieu trop imprégné de souvenirs.

Gus serait probablement dans son antre. Gage longea le couloir à grandes enjambées. La vue brouillée, le souffle court, il marqua une pause pour respirer avant de tourner la poignée. Celui qu'il avait tant admiré pour ses qualités humaines, sa bonté et son honnêteté, se leva avec un sourire étonné.

— Gage ! Quelle surprise ! Nous ne t'attendions pas.

Il paraissait reposé après ses vacances, un prélude à la retraite avant de passer les rênes à Gage, qui n'était plus du tout sûr de vouloir lui succéder.

Gus se rembrunit presque aussitôt.

— Eve est avec toi ?

La blessure de Gage se raviva. Il s'était toujours enorgueilli de l'amour de ses parents, par comparaison avec Eve qui manquait d'affection dans sa famille, et qu'il plaignait sincèrement.

Quel retournement de situation ! Si seulement il avait su la vérité ! Eve et lui ne se seraient jamais quittés. Le mensonge et le secret avaient tout détruit, irrémédiablement.

— Eh bien, mon garçon, que se passe-t-il ? Les Chevalier t'ont encore créé des problèmes ? Eve… ?

Gus n'acheva pas sa phrase, mais Gage devina la suite. *Eve t'a encore quitté ?* Oui, Eve était partie, mais il y avait pire. Il ne savait pas qui étaient vraiment ses parents. Son univers vacillait, comme s'il avait brusquement basculé dans une autre dimension.

— Je ne suis pas ton fils, n'est-ce pas ?

Les mots étaient sortis tout seuls, en lui raclant la gorge comme du verre pilé. Gus blêmit.

— Qu'est-ce que tu racontes ?

Un bref instant, Gage espéra se tromper. Malheureusement, l'homme qui l'avait toujours regardé droit dans les yeux baissa piteusement la tête.

— Je. Ne. Suis. Pas. Ton. Fils, martela-t-il.

Gus s'écroula dans son fauteuil, le visage dans les mains. Puis, au bout d'un long moment, il écarta les paumes.

— Comment l'as-tu appris ?

Sous le choc, Gage ferma les yeux. Il aurait préféré recevoir un coup de poing, physiquement.

— Peu importe.

Son ultime conversation avec Eve résonnait dans son esprit. Elle avait dit vrai, et plus rien n'avait d'importance maintenant qu'elle l'avait quitté.

— Peu importe, en effet, répondit Gus, dont les rides s'étaient subitement creusées. De toute façon, tu es devenu mon fils le jour où tu es né.

Gage secoua l'index vigoureusement.

— Pourtant, tu n'es pas mon père.

Gus se redressa et vint se planter devant le bureau en chêne massif.

— Je t'ai emmené pêcher le bar. Je t'ai appris à lancer ta ligne. Je t'ai accompagné à tous les matchs de championnat de base-ball. J'étais là pour te consoler quand la fille Chevalier t'a brisé le cœur, parce que je t'aimais. Je ne t'aime pas moins aujourd'hui et tu seras *toujours* mon fils.

Malheureusement, ces belles paroles sonnaient faux, ou en tout cas arrivaient trop tard pour convaincre Gage. Un pli douloureux creusait le front de Gus, comme le jour où il avait payé la caution pour le sortir de prison avec le nez cassé et la terreur logée au fond du cœur. Maintenant, Gage n'avait plus peur.

Qu'ils aillent tous au diable !

— Mon chéri, comme je suis contente de te voir…

Il courba les épaules en entendant la voix de sa mère, mais sans se retourner. Il lui en voulait trop de ses cachotteries.

— Il sait, Betty.

Elle s'avança d'un pas hésitant.

— Chéri. Essaie de comprendre, je t'en prie…

Il ne voulut rien entendre.

— Il n'y a rien à comprendre, maman. Tu m'as menti. Cet homme…

Il pointa le doigt sur celui qui l'avait élevé et qu'il avait aimé.

— Cet homme n'est pas mon père.

Gus, livide, se mit à bredouiller.

— Betty, je veux parler seul avec mon garçon, en tête à tête.

— Je… Je vais chercher du thé glacé.

— Non. Il nous faut quelque chose de plus fort.

— Je vous laisse, alors, dit Betty en pleurant.

Gus ouvrit un buffet et sortit une bouteille.

— Tu en veux ?

Gage secoua la tête tandis que Gus, qui buvait rarement, se versait une généreuse rasade de whisky.

— Je n'ai jamais voulu te cacher intentionnellement la vérité… Simplement, le moment ne s'est jamais présenté.

Gage grinça des dents.

— J'avais neuf ans quand je t'ai demandé pourquoi je ne te ressemblais pas. Vous m'avez répondu tous les deux que je tenais de la famille de maman.

— Il faut que tu comprennes…

— Arrêtez de me dire ça ! Vous avez eu *trente ans* pour m'expliquer les choses !

Gus engloutit la moitié de son verre.

— Nous étions fous de joie, à ta naissance. Peu importait

comment tu avais été conçu. Ta mère et moi avions vainement essayé d'avoir des enfants. Nous ne pouvions pas. Le problème venait de moi.

Gage eut une brève lueur d'espoir.

— Vous avez eu recours à un don de sperme ?

Gus secoua la tête.

— Nous nous sommes mariés très jeunes, ta mère et moi, tu le sais. C'est une des nombreuses raisons pour lesquelles nous rejetions Eve. Le mariage n'est pas une aventure de tout repos. Tu auras l'occasion de t'en rendre compte si… Mais vous êtes tous les deux plus âgés et mieux armés, maintenant.

Les ongles de Gage s'enfoncèrent dans la paume de sa main. Tout était fini entre Eve et lui…

— Nous avons essayé pendant si longtemps d'avoir un bébé, poursuivit Gus. Toutes nos tentatives ont échoué.

Il avala une autre gorgée d'alcool.

— Nous étions très malheureux, mon garçon. Tout allait mal et nous avons tous les deux cherché à nous consoler ailleurs.

Gage se frotta le visage. Du plus loin qu'il se souvienne, ses parents s'aimaient et formaient un couple uni.

— Je ne veux rien savoir, protesta-t-il.

— Tu es adulte et ton histoire commence là. Ta mère est tombée enceinte, par accident. Elle ne voulait pas vivre avec le père et il ne le souhaitait pas non plus.

— Qui est-ce ? Je le connais ?

— Non. Je peux te donner son nom. C'est un homme d'affaires californien, marié avec deux enfants à lui. Betty l'a tenu au courant, mais il n'a pas voulu te reconnaître. Ta mère et moi voulions des enfants. Nous avons saisi notre chance.

Gage se frotta de nouveau le visage.

— Je ne suis pas un bien de consommation.

— Non. Tu as été notre plus belle réussite et notre plus grand objet d'amour. Notre mariage et notre couple ont survécu grâce à toi. Tu es une bénédiction. Je me moquais éperdument de savoir qui était le père biologique. J'avais moi-même été infidèle plus d'une fois et il m'aurait été très hypocrite de critiquer ta mère. Cela n'a pas été facile, ni pour elle ni pour moi. En revanche, je t'ai accueilli d'emblée comme mon fils, dès ta naissance.

— Comment as-tu fait pour lui pardonner ?

Gus vida son verre et le regarda droit dans les yeux, avec cette douceur familière et pourtant déroutante maintenant qu'elle lui semblait étrangère.

— Autant j'ai eu du mal à sauver notre couple du désastre, autant j'ai pardonné sans problème à ta mère. Parce que je l'aime.

Gage sortit et alla se promener dans le parc, tout au bout de la propriété, là où se tenait le grand magnolia de son enfance. Adossé contre le tronc, il se laissa glisser au sol, accablé par les révélations et les événements des derniers jours.

Eve l'avait quitté.

Refusant de réfléchir aux dernières paroles qu'elle avait prononcées, il fixa d'un air absent le mur qui séparait la propriété de ses parents de celle des Chevalier. De son poste d'observation, perché sur les hautes branches, il avait vu Eve apparaître, non comme une ennemie, mais comme une alliée pour combattre sa solitude d'enfant unique.

À ce jour, il ignorait encore les causes de la haine qui opposait les Caron et les Chevalier. On la lui avait inculquée dès son plus jeune âge et il n'avait jamais songé à la remettre en cause. Il l'avait acceptée comme un fait acquis, alors qu'il aurait dû se battre et la refuser, pour Eve et pour lui-même.

Enfants, ils avaient passé outre. Puis, à l'adolescence, ils avaient naïvement voulu y mettre un terme. Il avait fini par croire qu'aucun Chevalier n'était digne de confiance. Mais ses propres parents s'avéraient tout aussi fourbes et malhonnêtes.

Il ne pouvait se fier à *personne*.

Un bruit de pas le tira de ses réflexions moroses. Sa mère apparut à sa gauche, pâle, les traits tirés.

— Chéri, je suis tellement désolée.

Il haussa les épaules. À quoi bon des excuses ? Eve lui avait échappé. Son père n'était pas son père. Plus rien ne s'arrangerait.

— Au moins, tu es ma mère, remarqua-t-il, désabusé.

— Ne dis pas cela. Je comprends que tu sois en colère. Mais Gus a été pour toi un père merveilleux, depuis le jour où tu es né.

Intellectuellement, sa mère avait raison. Il n'avait rien à reprocher à Gus, sauf de n'avoir pas répondu à la question qu'il avait posée à neuf ans… Gus l'avait toujours soutenu et aimé dans les moments les plus difficiles, envers et contre tout. Il l'avait sorti de prison et avait payé des avocats pour le disculper, sans lui en vouloir pour s'être enfui en pleine nuit avec la fille de son ennemi juré. Après la rupture avec Eve, il avait soigné sans sourciller ses gueules de bois, sans lui reprocher de noyer son chagrin dans l'alcool…

Tout comme Eve, les autres enfants lui enviaient ce père affectueux. D'une certaine façon, il avait eu de la chance, mais cela ne l'empêchait pas aujourd'hui d'avoir mal, comme si de l'acide coulait dans ses veines.

— Tu me l'aurais dit un jour ?

Sa mère soupira et s'assit par terre à côté de lui. Puis elle lui caressa la joue d'une main tremblante.

— Plus le temps passait, plus cela devenait difficile. Nous en étions même arrivés à nous demander si c'était vraiment nécessaire. Et puis, tu nous as annoncé tes fiançailles avec Eve…

Il eut un coup au cœur.

— Tu n'as plus à t'en inquiéter, nous avons rompu.

Le silence qui suivit aviva sa douleur. La désapprobation de ses parents l'avait toujours désolé.

— Oh ! pourquoi ?

Il inspira longuement.

— Elle savait tout, pour papa. Son père avait menacé à l'époque de révéler la vérité si elle ne rompait pas avec moi. Elle était enceinte et a perdu le…

Il se tut, incapable de continuer. Sa mère le serra dans ses bras.

— Je suis désolée, murmura-t-elle. Malheureusement, de plates excuses ne répareront rien. Nous avons tant à nous faire pardonner… Nous nous sommes comportés comme des gens irresponsables.

— Elle dit que je suis comme son père.

— Tu as dû la mettre très en colère pour qu'elle te lance cette insulte à la figure.

— Je ne suis pas très fier de moi.

Sa mère lui tapota le bras.

— Cela suffit à prouver que tu n'es pas comme lui. Hugo Chevalier est incapable de reconnaître ses torts… Ton père et moi avons traversé bien des épreuves, mais Gus a toujours fait au mieux, malgré ses défauts et ses faiblesses. Tu lui ressembles.

— Tu as tellement foi en moi ! dit Gage, non sans émotion.

— Ton père aussi, mon chéri. Il est temps que tu aies toi aussi confiance en toi et en l'avenir.

Gage ne savait pas quoi faire. Il savait seulement qu'il aimait Eve depuis toujours et qu'il n'avait jamais cessé de l'aimer. Mais comment le lui dire ?

— Il y a une question que je n'ai jamais posée. Pourquoi nos deux familles se haïssent-elles autant ? D'où cela vient-il ?

— C'est une longue histoire…

— Eh bien, raconte-la-moi. J'ai tout le temps devant moi.

12.

Eve souffla bruyamment, s'essuya les mains sur son jean poussiéreux et écarta une boucle blonde qui lui retombait devant les yeux. Les cartons s'empilaient dans son appartement parisien. Elle avait pris quelques décisions difficiles depuis qu'elle avait quitté Gage et l'Amérique.

Toute sa vie, elle s'était conformée à ce qu'on attendait d'elle. Cela suffisait. Elle méritait mieux et penserait désormais à elle.

Elle était donc revenue en France, avait démissionné de son poste de direction à la tête du secteur européen de Knight, et tiré un trait définitif sur cette période de son existence. La haine et la vengeance la dégoûtaient. Elle condamnait cette soif destructrice et réprouvait ceux qui en faisaient leur ligne de conduite.

Dès qu'elle aurait terminé de trier et d'emballer ses affaires, elle déménagerait pour s'installer à Grasse, dans sa ferme horticole, et cultiver les fleurs qu'elle aimait. Elle vivrait simplement, au soleil, entourée de parfums. Et elle essaierait de panser son cœur douloureux, même si elle ne guérissait probablement jamais de la perte de son seul et unique amour.

En tout cas, cela ne servait à rien de se lamenter. Il fallait aller de l'avant, courageusement. Elle s'attaqua à la cuisine. Au même moment, l'Interphone sonna et elle s'interrompit pour répondre.

— Mademoiselle Chevalier, une livraison pour vous.

— Merci, je vous ouvre.

On lui apportait enfin les cartons supplémentaires qu'elle avait commandés.

Ce n'était pas du tout cela… Deux livreurs sortirent de l'ascenseur avec chacun une énorme gerbe de roses couleur abricot, qui embaumaient.

Le cœur battant, elle se figea sur le seuil. Quand elle sortit de sa stupeur, elle s'écarta et indiqua la table et le buffet dans la salle à manger.

— Il y a une carte ? demanda-t-elle.

En même temps, elle savait très bien qui les envoyait. Une émotion violente la transperça…

— Non, répondit l'un des hommes en haussant les épaules. Juste des fleurs. Il y en a d'autres.

Pendant quelques minutes, ce fut un véritable ballet d'allées et venues. Les bouquets de roses surgissaient, tous plus beaux les uns que les autres, dans un kaléidoscope multicolore. Il n'y eut bientôt plus d'endroit où mettre les vases, qu'on posa par terre faute de place sur les meubles.

À la fin, jetant un regard circulaire, Eve essuya une larme. Il y aurait toujours des pièces manquantes dans le puzzle de son existence. Gage lui avait volé une partie de son cœur, pour toujours. Malheureusement, il ne figurait pas dans le scénario de sa future vie, qu'elle souhaitait calme et paisible. Gage et son père avaient choisi de continuer leur guerre d'usure et de vengeance. Pour elle, c'était terminé. Elle les laissait se battre et abandonnait la partie.

Elle s'apprêtait à refermer la porte après le départ des livreurs quand une voix familière résonna.

— Attends ! Ce n'est pas tout !

Gage était là, un gros bouquet de roses rouges au creux du bras. Vêtu d'un jean délavé et d'une chemise froissée, les cheveux en bataille, il avait l'air de tomber du lit. Plus vraisemblablement, il avait dû passer la nuit dans un avion pour la rejoindre depuis l'autre côté de la planète.

Il était si beau qu'Eve eut le cœur au bord des lèvres. Ses traits paraissaient plus anguleux que dans son souvenir. Déterminés. Le bleu de ses yeux ressemblait au ciel de Grasse, si cher à son cœur. Elle l'aimait encore, envers et contre tout. Elle avait beau se mentir pour se persuader du contraire, un fil mystérieux les reliait l'un à l'autre, même lorsque des milliers de kilomètres les séparaient.

Il fallait pourtant affronter lucidement la situation. Il ne pouvait rien y avoir de durable entre eux. Elle avait besoin d'oublier les conflits pour vivre en paix et méritait mieux qu'être un simple pion sur l'échiquier d'une lutte sans merci. Gage aussi méritait mieux… Malheureusement, il était esclave de la haine qui l'habitait et le rongeait.

— Je peux entrer ?

Malgré ses jambes vacillantes, Eve réussit à bouger et referma la porte avant de le suivre dans le salon.

— C'est pour toi, dit-il en lui tendant le bouquet.

Elle enfouit le visage dans les pétales veloutés et huma leur délicieux parfum de citron et framboise.

— J'en ai déjà beaucoup, murmura-t-elle.

— Tu n'auras jamais trop de fleurs.

Il jeta un regard circulaire et aperçut les cartons.

— Tu t'installes à Grasse.

Elle haussa un sourcil surpris.

— Tu as deviné ?

Gage se passa une main dans les cheveux.

— Tu as vendu la plupart de tes actions Caron, remboursé ton emprunt et démissionné de tes fonctions chez Knight. En plus, ta maison n'est plus à louer.

Eve posa les fleurs sur une chaise. Elle les mettrait dans l'eau tout à l'heure, quand elle en aurait terminé avec Gage.

Mais comment calmer le frémissement de son corps ? Sa présence l'électrisait. Elle pencha la tête sur le côté.

— Tu surveilles mes faits et gestes ?

— Toujours. Je ne peux pas m'en empêcher.

En une phrase, il avait résumé l'angoisse de leur condition, leur impuissance. Après son retour à Paris, pendant plusieurs jours de suite, Eve s'était retrouvée abattue, dans un état proche de la léthargie. Elle avait un mal fou à se lever le matin, à mettre un pied devant l'autre, et luttait de toutes ses forces pour ne pas chercher des nouvelles de Gage sur le Net. Jamais elle ne guérirait de lui… En ce moment même, elle brûlait d'envie de le toucher, de se réfugier dans ses bras puissants qui la protégeaient si bien autrefois. Car il l'avait aimée… Néanmoins, toute réconciliation était vouée à l'échec.

Il fallait le dire clairement, haut et fort.

— Gage, que fais-tu ici ?

— Je suis venu pour te parler. J'ai beaucoup réfléchi… à ce qui ne va pas dans ma vie.

Elle planta les poings sur les hanches.

— Ta soif de vengeance.

Il hocha la tête.

— Oui, tu as raison. Cela m'a tellement obsédé que j'en ai oublié tout le reste.

Il marqua une pause.

— J'ai parlé à mes parents.

La confrontation avait dû lui coûter. Eve se radoucit.

— Je suis désolée que tu l'aies appris par moi. Si seulement…

— Non, la coupa Gage. Ne t'excuse pas. Finalement, tu es la seule à avoir eu le courage de dire les choses. Il valait mieux que ce soit toi plutôt que Hugo.

Le nœud qui oppressait Eve se desserra un peu.

— Comment cela s'est-il passé ?

— Aussi bien que possible, étant donné les circonstances. Et j'ai eu d'autres révélations.

Il inspira longuement et plongea les yeux au fond des siens. Eve résista du mieux qu'elle pouvait au désir fou de s'y noyer. Elle devait se préserver, penser à elle. Désormais, c'était sa priorité.

— T'a-t-on déjà expliqué pourquoi nos familles se haïssent ?

Eve répéta ce que ses parents lui avaient toujours dit.

— Les Caron sont des menteurs et des voleurs.

— Les Chevalier sont des escrocs et des charlatans, entonna Gage.

— Est-il besoin d'aller plus loin ?

Eve avait cessé de s'intéresser à cette vieille querelle. Désormais, elle irait de l'avant sans se retourner.

Malgré tout, maintenant que Gage était là, au milieu de cette débauche de fleurs, l'idée de poursuivre seule son chemin ressemblait de moins en moins à une victoire sur elle-même. La gorge serrée, elle ignora le picotement qui montait à ses paupières.

— Oui, c'est très important d'aller au fond du problème, dit Gage. De remonter jusqu'au début.

Il avança d'un pas en tendant le bras, mais elle recula. Alors, tel un guerrier se préparant à l'assaut, il se mit à arpenter la pièce.

— Tout a commencé par un accord commercial à l'amiable. Il s'agissait d'amener les lignes téléphoniques jusqu'au Mississippi. Ta famille accuse les Caron d'avoir investi secrètement dans la compagnie qui fournissait les poteaux télégraphiques. Eux prétendent que les Chevalier ont gonflé les devis pour tirer un maximum de profit à leurs dépens. L'hostilité est partie de là et a fluctué au fil des années, selon les pertes et les bénéfices des uns ou des autres. Jusque-là, il n'y a rien de surprenant.

Gage s'arrêta un instant.

— Ce qui l'est davantage, c'est que ton père a été fiancé à ma mère.

— Quoi ?

Eve se laissa tomber sur le canapé, la main sur le cœur.

— C'est... *impossible.*

Gage resta debout.

— Leurs parents étaient de vieux amis qui avaient plus ou moins arrangé cette union. Ensuite, maman a rencontré mon père... Ils ont eu le coup de foudre et se sont mariés, très jeunes. Le scandale a ravivé la rivalité entre les deux familles. Gus a certainement pris un malin plaisir à damer le pion à un Chevalier. Ton père n'a jamais pardonné.

Les oreilles bourdonnantes, Eve croisa les bras dans une attitude défensive.

— Cela ne m'étonne pas, dit-elle. Mon père a toujours voulu un garçon. Il était jaloux de tes parents, et très déçu d'avoir eu deux filles.

— Quel idiot ! Une fille comme toi est un don du ciel, mon ange.

— Je comprends pourquoi il était si content d'avoir percé ton secret. Cela signifiait que la vie de tes parents n'était pas le conte de fées qu'il imaginait.

Gage s'assit à l'autre bout du canapé, loin d'Eve, comme pour lui permettre de se ressaisir.

— Papa et maman ont traversé une période difficile et ont failli divorcer. C'est l'une des raisons pour lesquelles ils s'opposaient à notre mariage. Ils voulaient que j'aie de l'expérience, des certitudes.

Eve toucha du bout des doigts un accroc sur son vieux jean déchiré. Elle continuait vaille que vaille à résister à la force qui la poussait dans les bras de Gage.

— Moi, j'étais sûre de mes sentiments. Avec l'arrogance et l'innocence qui sont l'apanage de la jeunesse, je ne doutais pas de conquérir le monde. Mais cela n'aurait pas duré, entre nous…

— Si.

Il la regarda intensément.

— Moi aussi j'étais sûr. Et je le suis encore plus aujourd'hui.

Le cœur d'Eve se mit à battre follement. Elle avait peur d'étouffer. Un espoir fou renaissait, mais elle ne céderait pas.

— Gage, arrête.

Une nouvelle fois, il passa la main dans ses cheveux blonds, dont une mèche retombait sur son front. Ce geste faillit la perdre. Cet homme si maître de lui paraissait tout à coup égaré, vulnérable, à cause d'elle…

— Dis-moi que tu ne veux pas de moi et je m'en irai pour toujours. Mais je t'ai follement aimée et c'est toujours vrai. Je tenais à ce que tu le saches.

Il soupira.

— Je ne cesserai jamais de t'aimer.

Le bon sens et la raison désertèrent Eve. Ses plus belles espérances se réveillèrent dans un feu d'artifice éblouissant.

Assis tout au bord des coussins, Gage n'osait pas bouger. Tout ce qu'il désirait dans la vie était là, à sa portée. Il n'avait pas de plan B. Si Eve le repoussait, il mènerait une existence misérable jusqu'à la fin de ses jours.

Eve avait détourné le regard et contemplait les fleurs qui jonchaient la pièce. Son geste grandiose n'avait pas suffi à fléchir ses résistances. Elle ne lui pardonnerait probablement jamais son comportement.

Elle avait l'air si belle et si fragile, comme une fleur. Un geste de travers, un souffle déplacé et ses pétales se replieraient frileusement. Il se retenait de la toucher, d'effleurer sa joue. Il avait terriblement envie de l'embrasser pour effacer le chagrin dont il était responsable.

Quand elle secoua la tête, la fêlure de son cœur s'agrandit un peu plus.

— Mais… Il n'y a pas de place pour moi dans ton existence, puisque tu veux détruire ma famille.

Elle avait les yeux brillant de larmes et les lèvres tremblantes. Sans la harceler, il voulait tout de même insister un peu. Il fallait juste la convaincre de son amour.

— Je me suis trompé, Eve. J'ai eu tort de m'acharner sur Knight Enterprises comme je l'ai fait. C'était cruel de ma part, car cela te mettait dans une situation intenable. Tu as eu raison de me comparer à ton père. Je me suis très mal comporté. On ne s'approprie pas quelqu'un qu'on aime. J'aurais dû te laisser libre. L'amour est un don et une grâce, pas une possession qu'on garde jalousement. Je t'aime, Eve, mais je m'en irai si cela doit te rendre heureuse.

Gage se rapprocha insensiblement. Leurs genoux se touchaient presque et cet effleurement suffisait à l'embraser. Eve ne recula pas. Il voyait les cernes sous ses yeux. Elle était aussi malheureuse que lui.

Elle l'interrogea du regard avant de formuler la question qui la taraudait.

— Peux-tu me promettre d'abandonner toute idée de vengeance ?

Le plus difficile serait de reconquérir sa confiance…

— Je ne veux que toi. Rien d'autre. Mais je n'en avais pas conscience.

Il prit ses mains dans les siennes. Elle avait froid. Il espérait la réchauffer.

— Je suis tellement fatigué des plans et des machinations ténébreuses… Avec toi, j'avais le meilleur que la vie puisse m'offrir et je l'ai stupidement gâché. J'aurais dû avoir confiance en toi et en notre amour. Si je m'étais lancé à ta poursuite, au lieu de croire à des mensonges, tout aurait été différent.

Elle baissa les yeux sur leurs mains entrelacées.

— Ce n'est pas ta faute. Je ne me pardonne pas de t'avoir traité aussi cruellement, juste pour obéir à mon père. Ce coup de téléphone…

— J'aurais dû comprendre ce qui se passait, ne pas m'arrêter aux mots que j'entendais.

Eve raffermit la pression de ses doigts.

— J'aurais dû me battre au lieu de capituler.

— Je n'étais pas digne de toi.

De grosses larmes roulèrent sur les joues d'Eve.

— Bien sûr que si. Sinon, je n'aurais pas essayé de te protéger.

Incapable de supporter plus longtemps la distance qui les séparait, Gage l'attira sur ses genoux. Elle ne résista pas et se blottit tout contre lui. Il ferma les paupières, avec l'impression que le monde retrouvait enfin son équilibre autour de son axe.

— C'était à moi de te protéger, murmura-t-il en caressant ses cheveux soyeux. Et j'ai échoué, de bien des manières.

— Nous étions jeunes, sans expérience de la vie.

Eve posa la paume sur son torse.

— Je ne peux pas vivre avec de la haine. Je veux être entourée d'amour.

— Tu le seras, mon ange. Je te le promets.

Elle remonta les doigts jusqu'à son visage, son nez cassé et la cicatrice sous son œil droit.

— J'en veux à mon père.

— Tu n'es pas responsable.

Il se retenait encore de l'embrasser car il avait d'autres choses à lui dire pour bâtir une relation solide et pleine d'avenir.

— Aimerais-tu de la compagnie dans ta maison du sud de la France ?

Elle eut une expression étonnée.

— Tu diriges un conglomérat international…

Il haussa les épaules.

— Je peux le faire de n'importe où avec une connexion Internet. C'est toi que je veux par-dessus tout. Je vivrai où tu seras. Je ferai ce que tu voudras. Après tout, nous avons toujours eu l'intention d'avoir une maison comme celle de Grasse.

— Les rêves peuvent donc se réaliser ?

Gage ne voulait pas de questions, seulement des réponses et des certitudes.

— Sans en avoir conscience, nous avons toujours espéré nous retrouver. Je veux me fiancer pour de bon, et t'épouser. Cela fait partie de tes rêves ?

Il fixa la base de son cou. C'est là qu'il l'embrasserait en premier, dès qu'elle aurait dit oui.

Eve eut un rire léger et vibrant d'émotion.

— Je n'ai pas très envie d'une réception officielle. Que dirais-tu de nous enfuir tous les deux et de nous marier en cachette ?

Il prit son menton entre le pouce et l'index et plongea le regard dans le sien. Il détestait l'incertitude qui subsistait encore tout au fond, à cause de l'hostilité entre leurs familles.

— Je veux te voir en robe de mariée. Je t'offrirai la plus belle, celle de tes rêves.

— La toilette ne m'a jamais beaucoup intéressée.

Elle l'enlaça par le cou. Il espérait de toute son âme qu'elle ne douterait plus jamais de lui.

— C'est toi que je veux. Le reste m'indiffère.

Il n'avait plus besoin d'encouragements. Il se leva en la gardant étroitement serrée dans ses bras.

— Je suis à toi. Mais je dois prendre quelque chose dans ma poche.

Elle se raccrocha à lui avec une moue de dépit et il faillit abandonner sa première idée pour l'emmener dans la chambre. Mais il était déterminé à tout faire dans les règles. Pour réparer les erreurs des générations passées.

Il relâcha son étreinte et Eve glissa jusqu'à poser les pieds par terre. Puis il chercha la bague et la lui tendit. À l'époque où il l'avait achetée, il cherchait juste un gros bijou très cher pour transmettre le message à ceux qui les voyaient ensemble. Mais cette pierre avait tout de suite symbolisé pour lui la perfection et la beauté de son amour de jeunesse.

— Nos rêves commencent maintenant, déclara-t-il. Nous les ferons exister tels que tu les imagines.

Un sourire illumina le visage d'Eve. Elle pleurait encore, mais de joie. Il espérait qu'elle ne verserait plus jamais des larmes de tristesse.

— Mon chevalier à l'armure étincelante, murmura-t-elle d'un ton ébloui.

— Je peux aussi devenir pirate selon tes désirs, répliqua-t-il avec un clin d'œil. Tout ce qui te fera plaisir.

Elle eut une expression malicieuse, comme une invitation à explorer le monde sensuel qui s'offrait à eux. Gage ferma les paupières en remerciant le ciel de lui accorder une deuxième chance.

— Épouse-moi, Eve. Nous méritons tous les deux un happy end et je me battrai tous les jours pour te rendre heureuse.

— Oui. Rien au monde ne pourrait m'enthousiasmer davantage.

Quand il glissa la bague à son doigt, il sentit bouillonner en lui toute la force de leur amour.

Épilogue

Plus tard

Pelotonnée contre Gage sur le canapé, Eve se laissa envahir par une douce langueur. Depuis quelques mois, ses doigts avaient grossi et elle portait ses bagues accrochées à une chaîne autour de son cou. Gage les souleva dans le creux de la paume.

— Bon anniversaire, madame Caron.

Comme elle aimait le son de ces mots ! Tous ses rêves s'étaient concrétisés.

— Deux ans de bonheur absolu, monsieur Caron, murmura-t-elle.

Toutes les pièces du puzzle avaient fini par s'imbriquer. Tout était rentré dans l'ordre. Leur mariage avait été une réussite parfaite, au milieu des fleurs, un mélange de roses, de lavande et de jasmin. Dans sa robe de conte de fées, en tulle et dentelle ancienne, Eve avait eu l'impression d'épouser son prince charmant. Depuis ce jour-là, le sourire n'avait pas quitté ses lèvres.

L'absence de sa famille n'avait même pas altéré sa joie. Ils avaient fait leurs choix et elle les siens. Elle s'était juré de ne plus regarder en arrière. Avec Gage pour mari, il n'était pas difficile d'envisager l'avenir avec confiance.

Eve lui offrit ses lèvres dans un baiser langoureux et il caressa doucement son ventre rond.

— Tu étais éblouissante le jour de notre mariage, mais tu es encore plus belle maintenant. Comment va notre bébé ?

Elle rit doucement.

— Notre petite fille se porte comme un charme.

Ils flânaient dans leur appartement parisien, où ils s'étaient installés en prévision de l'accouchement tout proche.

Elle guida la main de Gage.

— Là ! Tu as senti ?

— Oui !

Elle adorait le ton émerveillé de Gage qui avait suivi chaque étape de la grossesse avec un enthousiasme communicatif.

Il suivit du bout du doigt la courbe de ses hanches et elle frissonna de plaisir.

— J'adore tes rondeurs.

— Et moi, je t'adore tout entier.

L'amour emplissait leur existence et avait à jamais chassé la tristesse.

— Quand tes parents arrivent-ils ?

Gage avait très vite rétabli les liens avec sa famille. Si on lui avait donné le choix, il n'aurait pas souhaité un autre père que Gus Caron, le meilleur des hommes, qu'il continuait évidemment à appeler *papa*.

— Ils seront là quinze jours après la naissance, répondit-il. Et ta sœur ? L'as-tu convaincue de nous rendre visite ?

Veronique avait envoyé un texto juste après la publication des photos de mariage dans les journaux.

Tu n'as jamais eu l'air aussi heureuse.

La communication était encore sporadique, mais rien ne pressait.

— Elle ne veut pas le montrer, mais elle se réjouit de

devenir tante. Dès qu'elle aura vu une photo, elle prendra le premier avion pour venir voir sa nièce.

Gage soupira.

— Alors, j'attendrai pour en envoyer une. Sinon, la maison sera envahie. C'est peut-être égoïste, mais j'ai besoin de calme pour apprendre à connaître ma fille…

Sa voix tremblait d'émotion, un mélange de joie et d'excitation, avec une pointe d'inquiétude.

Eve le rassura.

— Elle t'aimera beaucoup. Je te le promets.

— Je sais. Grâce à toi, j'ai appris à aimer. Je suis un homme comblé, mon ange. Je t'aime.

— Moi aussi, Gage, je t'aime. Pour toujours.

Ils n'auraient pas assez d'une vie pour remplir toutes les promesses d'un amour conquis de haute lutte.

Retrouvez prochainement,
dans votre collection

AZUR

Des adieux au prince, de Kim Lawrence - N°4378

Un coup de foudre, un mariage éclair… Tout se passe trop vite entre Béatrice et Dante Velasquez, prince héritier de San Macizo. Incapable de s'habituer à l'atmosphère guindée et vénéneuse du palais royal et de donner à Dante un héritier, Béatrice quitte le royaume, désespérée. Mais, lorsque quelques mois plus tard Dante réapparaît dans sa vie, elle décide de s'offrir, dans les bras de son époux, une dernière nuit d'adieux. Une étreinte passionnée aux tendres conséquences…

Délicieuse rédemption, de Jackie Ashenden- N°4379

Issu d'une famille de malfrats, Vincenzo de Santi consacre sa vie à racheter les crimes des siens. Rien ni personne n'échappe à sa quête de justice, ce qui lui vaut d'être l'ennemi numéro un des malfaiteurs. C'est donc avec stupeur qu'il voit débarquer chez lui Lucy Armstrong, un génie des chiffres devenue experte dans le blanchiment d'argent. Loin de le craindre, la jeune femme a l'audace de lui proposer un marché. S'il accepte de lui offrir la protection dont elle a besoin pour échapper à son clan, elle l'aidera à faire tomber son propre père – l'homme que Vincenzo considère comme son plus grand adversaire…

Séduite par Emiliano Delgado, de Michelle Smart - N°4380

Beau, puissant, séducteur… le champion de polo Emiliano Delgado fait tourner la tête de Becky. Toutefois, parce qu'elle travaille pour le play-boy argentin, elle doit garder ses émotions sous contrôle. Mais la chair est faible et, à l'occasion d'un séjour dans la principauté de Monte Cleure, Becky finit par céder à la passion entre les bras de son patron. Un moment de folie qui se révèle bientôt porteur de conséquences. Enceinte d'Emiliano, Becky se voit en effet proposer… de l'épouser !

Une innocente au palais, de Dani Collins - N°4381

« C'est mon bébé ! » Ce cri du cœur, Hannah ne peut le retenir face au cheikh Akin Sarraf. Le prince, qu'elle rencontre pour la première fois, est en effet venu lui annoncer que l'enfant qu'elle porte est l'héritier secret de la famille royale de Baaqi ! Alors qu'Akin exige qu'elle le suive dans son pays pour l'épouser, Hannah chancelle. Car elle sait déjà qu'elle ne pourra s'opposer à cet homme puissant sans prendre le risque de perdre le petit être qu'elle aime déjà plus que tout…

Le secret d'un mariage grec,
de Lynne Graham - N°4382

Tansy ne se fait aucune illusion : son mariage avec Jude Alexandris sera de pure convenance, une union platonique. Comment pourrait-il en être autrement, alors qu'elle n'a jamais rencontré l'homme d'affaires grec ? Aussi est-elle la première surprise quand, sitôt qu'elle pose les yeux sur son promis, les émotions déferlent en elle. Plus fou encore, lorsque Jude déclare vouloir partager sa chambre avec elle, Tansy est gagnée par le désir… Or, à mesure qu'elle se prend à espérer s'engager dans un véritable mariage, son inquiétude grandit : bientôt, Jude découvrira ce tendre secret qu'elle lui a caché. Et alors, il sera furieux contre elle…

La tentation d'une assistante, de Nina Milne - N°4383

Terriblement sexy dans son costume taillé sur mesure, Ben Gardiner dégage une aura de puissance qui ne laisse pas Sarah indifférente. Or, elle n'a pas le droit d'éprouver une telle attirance pour son patron ! Ce poste d'assistante personnelle, qui l'a tirée de l'ornière, lui est bien trop précieux pour assurer une vie sereine à sa fille chérie. Pourtant, à l'occasion d'un voyage à Milan, happée par le monde glamour qu'elle découvre auprès de Ben, Sarah voit ses résolutions vaciller…

Un bébé à Bollywood, de Tara Pammi - N°4384

SÉRIE : *PASSION À BOLLYWOOD* - 2/2

Un vent de scandale souffle sur Bollywood, alors que les gros titres des journaux prêtent à l'actrice Zara Khan une liaison avec un homme marié ! Agacée d'être l'objet de ces odieuses rumeurs, Zara décide de prendre les choses en main… en s'affichant avec Virat Raawal. Le talentueux réalisateur, connu pour ses frasques sentimentales et son caractère indomptable, détournera l'attention des paparazzis sur leur couple sulfureux, elle en est sûre ! Hélas, malgré ses résolutions pour garder le contrôle de la situation, Zara se laisse prendre au jeu et succombe à la tentation dans les bras de Virat. Et, bientôt, elle se découvre enceinte…

Union royale à Idylla, de Caitlin Crews - N°4385

SÉRIE : *LA COURONNE DE LA PASSION* - 1/2

Roi d'Idylla, Orion s'est promis de faire tout ce qui était en son pouvoir pour restaurer la paix dans son pays. Or, aujourd'hui, le voilà contraint de prendre reine pour assurer sa descendance. Lady Calista Skyros, la femme qui lui est promise depuis toujours, ne correspond malheureusement pas à l'épouse idéale. Dotée d'un esprit rebelle, elle est auréolée de scandale. Pire, en raison du désir irrépressible qu'elle lui inspire, Calista pourrait bien lui faire perdre la raison, alors même qu'Orion s'efforce d'être auprès de son peuple un monarque irréprochable…

Les amants de l'oasis, d'Abby Green - N°4386

SÉRIE : *LA DYNASTIE MARCHETTI* - 3/3

La princesse Liyah est prête à tout pour épargner à sa sœur des noces arrangées – et même à prendre sa place devant l'autel ! Mais, au moment où Sharif Marchetti, son nouvel époux, lève son voile de mariée afin de la découvrir pour la toute première fois, tous deux tombent des nues... Loin d'être des inconnus l'un pour l'autre, Liyah et Sharif ont partagé la veille une nuit de passion, dans une oasis perdue en plein désert. Or Liyah le comprend aussitôt au regard furieux que lui jette Sharif : son tendre amant a laissé la place à un cheikh implacable...

Les vœux d'une épouse, de Lucy Monroe - N°4387

Voilà cinq ans que Polly est mariée au milliardaire Alexandros Kristalakis. Durant toute cette période, elle a redoublé d'efforts pour endosser son rôle d'épouse et se mouler dans la bonne société grecque à laquelle elle était totalement étrangère. Bridant ses élans naturels et adoptant une garde-robe de circonstance, elle est devenue aussi docile que présentable. Du moins en apparence. Dans la chambre à coucher, Polly s'autorise à être elle-même et à exprimer les émotions que son époux éveille en elle, malgré tout. Jusqu'au jour où, enceinte de leur deuxième enfant, elle pose un ultimatum à Alexandros. S'il veut sauver leur mariage, il devra renoncer à la femme trophée dans laquelle elle ne se reconnaît plus...

Fiançailles à haut risque, de Maisey Yates - N°4388

Victoria a commis une erreur, douze ans plus tôt, et, par sa faute, son père a été conduit à la ruine. Depuis, une oppressante culpabilité l'étreint... Cependant, elle a trouvé comment se racheter : elle va convaincre le milliardaire Dmitri Markin de se fiancer avec elle et ainsi reprendre possession de l'entreprise familiale. En échange de ce petit service, elle fera tout son possible pour améliorer son image de séducteur invétéré. Sur le papier, l'idée est brillante. Mais, sous le regard de feu de Dmitri, ancien champion de lutte et homme d'affaires impitoyable, Victoria comprend qu'elle vient peut-être de se jeter dans la gueule du loup...